AF197310

9. Lege dich niemals mit der Polizei an!

10. Ein Detektiv kann nicht immer feinfühlig sein.
    Er muss jede Ermittlungs-Chance wahrnehmen.

11. Ermittle stets allein.

12. Pizza fördert die Kombinationsgabe.

13. Einem echten Detektiv ist nichts peinlich.
    Er tut, was die Ermittlungen erfordern, ohne
    Rücksicht auf sein persönliches Befinden.

14. Frühstücke stets ausgiebig, denn die Ermittlungen
    lassen dir vielleicht keine Zeit für weitere
    Mahlzeiten.

15. Ein Detektiv fürchtet nichts und niemanden.

16. Sei ein Chamäleon. Passe dich deiner Umgebung an,
    das ist die beste Tarnung.

17. Ein Detektiv handelt niemals ungesetzlich.

JANA SCHEERER

GEFAHR IST UNSER GESCHÄFT

AUS DEN AKTEN DER DETEKTEI DONNERSCHLAG

Mit Illustrationen von
Uwe Heidschötter

Außerdem von der Autorin bei WooW Books erschienen:

Als meine Unterhose vom Himmel fiel

1. Auflage 2019
© Atrium Verlag AG, Imprint WooW Books, Zürich 2019
Originalausgabe
Alle Rechte vorbehalten
Text: Jana Scheerer
Cover und Illustrationen: Uwe Heidschötter
Der Illustrator dieses Werkes wurde vermittelt durch Paula Peretti,
Literarische Agentur, Köln.
Druck und Bindung: GGP Media GmbH, Pößneck
Satz: Dörlemann Satz, Lemförde
ISBN 978-3-96177-047-2

www.woow-books.de
www.instagram.com / woowbooks_verlag

 # Kapitel 1

In dem ich meine Detektivgeschichte nicht fertig geschrieben bekomme, weil ich Aalsuppe essen muss und ein Schaf spurlos verschwindet.

Es war ein Tag wie ein Karamellbonbon: klebrig, zäh und schlecht für die Zähne. Ich saß in meiner schäbigen Detektei an meinem schäbigen Schreibtisch und machte mir schäbige Gedanken, die ich in meine schäbige Schreibmaschine tippte. Mein letzter Auftrag hatte mir mal wieder nichts eingebracht als eine Riesenportion Ärger mit Sahne. Die schlechte Angewohnheit, um Gerechtigkeit zu kämpfen statt für das große Geld, schlug mir auf das Konto und auf den Magen. Ich brauchte Knete, eine Gratis-Pizza oder eine schöne Frau, die mir etwas zu essen kochte. Tatsächlich öffnete sich in diesem Moment quietschend die Tür. Ich wandte mich um – und erblickte eine zarte weibliche Person. Leichtfüßig stieg sie die steilen Stufen hinab, die in meine Detektei führen.

»Harald? Hab ich's mir doch gedacht. Du machst mal wieder nichts für Mathe, sondern hockst hier unten im Keller und schreibst an deinen blöden Detektivgeschichten! Und immer in diesem dünnen Mantel. Zieh doch wenigstens einen Pullover drunter, du erkältest dich noch!«

Sie trug eine geblümte Schürze, die herrlich zu ihrer blassen, faltigen Haut passte. Die zierlichen Füße steckten in braun karierten Filzpantoffeln. Graue Haare rahmten ihr schmales Gesicht. Durch ihre runden Brillengläser schaute sie sich kritisch um, schien jedoch Vertrauen zu fassen. Vorsichtig trat sie einen Schritt auf mich zu.

»Essen ist fertig! Und wasch dir die Hände!«

»Nein«, erwiderte ich. »Ein Detektiv fürchtet sich nicht vor Keimen und Bakterien. Gefahr ist mein Geschäft.«

»Harald! Ich zähle bis drei! Eins …«

»Ich mach ja schon, Oma!«

»Zwei …«

Ich zog den Bogen Papier aus der Schreibmaschine, knüllte ihn zusammen und warf ihn in den Papierkorb.

»Drei!«

»Ich komme!«

Tja, ihr ahnt es wahrscheinlich längst: Ich hatte gar keine Detektei. Jedenfalls keine richtige. In unserem Keller hatte ich

mich mit einem wackeligen Tisch, einer ausrangierten Schreibmaschine und einem alten Aktenschrank eingerichtet. Hier las
ich Detektivromane, schrieb Detektivgeschichten und träumte
davon, ein echter Detektiv zu sein. Leider hatte ich noch nie
einen wirklichen Fall gehabt. Es war nun mal so: Bei uns an der

Nordsee, direkt hinter dem Deich, passierte nicht gerade viel. Genauer gesagt: gar nichts. Die Schafe blökten und kackten auf den Deich. Die Möwen schrien und kackten auch auf den Deich. Mal war Ebbe, mal war Flut. Für einen Detektiv gab es auf dem platten Land ungefähr so viel zu tun wie für einen Bergsteiger.

»Das Essen wird kalt!«, rief meine Großmutter, als sie schon fast aus meiner Detektei raus war. Dann drehte sie sich noch einmal um und zischte: »Und setz bloß nicht wieder diesen albernen Hut auf!«

Das sagte sie ständig. Sie verstand einfach nicht, dass ein Detektiv unbedingt einen Hut braucht. Ein Detektiv ohne Hut, das ist wie ein Einhorn ohne Horn. Oder ein Polizeiauto ohne Sirene. Oder ein Eis ohne Sahne. Deshalb lautet meine Detektiv-Regel Nummer 1: *Gib niemals den Hut ab!* Ich platzierte ihn also auf meinem Kopf und ging hoch in die Küche.

Als ich hereinkam, stellte meine Großmutter gerade zwei geblümte Teller mit Aalsuppe auf den Tisch. Mir wurde schlecht. Obwohl ich mein ganzes bisheriges Leben an der Nordsee verbracht habe, mag ich keinen Fisch. Ist mir einfach zu fischig.

»Oma«, sagte ich, »ich mag keinen Fisch! Dieser Fakt ist dir doch bekannt, oder?«

»Quatsch nicht so kariert«, brummelte meine Großmutter, »wir sind hier nicht in einer von deinen Detektivgeschichten, nä?«

»Ja, leider«, antwortete ich. »Trotzdem mag ich keinen Fisch.«

»Ach so?«, rief meine Großmutter, als würde sie das zum ersten Mal hören. »Aber in der Suppe ist doch kaum Fisch drin! Nur etwas Aal.«

»Aale *sind* Fische, Oma.«

»Ach was, so 'n Aal sieht doch gar nicht aus wie 'n Fisch. Mehr wie 'ne Schlange, nä?«

»Danke, jetzt schmeckt es mir gleich besser.« Ich seufzte und löffelte das Gemüse aus der Suppe.

Eine Weile schwiegen wir. Nur das Ticken der alten Standuhr war zu hören. Ich mag das Geräusch nicht. Es klingt nach Langeweile.

Schließlich legte meine Großmutter den Löffel zur Seite. »Du, Harald, Magnus hat übrigens angerufen.«

Ich horchte auf. Vor einigen Monaten war mein großer Bruder in die Stadt gezogen, um eine Detektei zu eröffnen. Unserer Oma wollte er davon nichts verraten, um sie nicht zu beunruhigen. Er ließ sie in dem Glauben, er würde in Humbug Mathematik studieren. Mir hingegen erzählte er von allen seinen Fällen. Zurzeit war er an einem sehr raffinierten Schmuckdieb dran. Ich freute mich schon darauf, gemeinsam mit ihm in der Sache zu ermitteln.

»Was hat er denn gesagt?«, fragte ich meine Großmutter. »Ging es um meinen Besuch in Humbug?«

Sie knüllte ihre Serviette zusammen. »Ja, du, Harald, also …
es ging schon um den Besuch, aber …« Sie räusperte sich. »Magnus hat zu viel zu tun. Es tut ihm wirklich leid.«

Ich saß wie erstarrt auf meinem Stuhl. Seit Wochen freute ich mich auf diese Reise. Ich hatte schon vor mir gesehen, wie mein Bruder und ich durch die Straßen der Großstadt streifen würden, beide in Mantel und Hut, allen Gefahren furchtlos ins Auge schauend.

»Aber verschoben ist ja nicht aufgehoben, nä? Deine Suppe wird kalt.«

Ich seufzte. »Das ist jetzt bereits das dritte Mal, dass er meinen Besuch in Humbug absagt, Oma. Am Sonntag sind die Herbstferien um.«

»Am Sonntag bringt Magnus doch sowieso seine schmutzige Wäsche zu Hause vorbei, dann siehst du ihn ja. Harald, die Suppe!«

Ich tunkte den Löffel in die Suppe.

Die Wanduhr tickte.

»Bei uns in Ruckelnsen ist es doch auch nett«, sagte meine Großmutter.

Mit dem Löffel zerquetschte ich ein Stück Karotte. »Eben: Total *nett*. Nie passiert was. Überhaupt gar nichts.«

Meine Großmutter schüttelte den Kopf. »Sag das mal nicht, Harald, sag das mal nicht! Hier passiert doch jede Menge.«

»Ja? Was denn?«

»Na ja … ähm …« Sie kratzte sich mit dem Löffel am Kopf. »Also, vorhin habe ich in der *Nordsee-Zeitung* gelesen, dass dieser Oktober der nebligste seit hundert Jahren ist. Interessant, nä?«

»Das war sicher die Topmeldung in der *Nordsee-Zeitung*«, murmelte ich und betrachtete die dünnen Nebelschwaden, die so langsam vor dem Küchenfenster vorbeizogen, als wüssten sie auch nichts mit sich anzufangen.

»Uuuund … und gestern hat Fräulein Karnelia den dicken Kater von nebenan vermöbelt!« Meine Oma lächelte versonnen. Sie liebte ihre rechthaberische Katze über alles.

»Wirklich sehr spannend, Oma.«

»Ja, nä? Uuuuuund … uuuuuund … ach ja: Frau Hinnerksen hat mir von dramatischen Ereignissen in der Schäferei Jansen berichtet.«

Möglichst unauffällig verdrehte ich die Augen. Die beste Freundin meiner Großmutter war für ihre Sensationslust bekannt. »Na, wenn Frau Hinnerksen was erzählt, muss es ja eine ganz große Sache sein, Oma.«

»Mach dich da mal nicht drüber lustig, Harald. Die Jansens finden eins von ihren Schafen nicht mehr. Im Stall ist das Schaf nicht, und auf dem Deich ist es auch nicht. Seit gestern fehlt jede Spur von dem Tier.«

Oha. Ich legte den Löffel beiseite. Das war vielleicht doch ganz interessant. »Welches Schaf ist es denn?«

»Schnucki MäcGaffin, weißt du, das schottische Schaf mit den großen Schlappohren.«

Ich nickte. Ja, Schnucki MäcGaffin war mir ein Begriff. Da es bei uns im Ort nicht besonders viele Menschen gibt, ist es nicht schwer, auch die Namen aller Schafe auswendig zu wissen. Und die dazugehörigen Schafsgesichter zu kennen.

»Ausgerechnet Schnucki«, sagte meine Großmutter. »Nee, nee. Traurig ist das. Richtig traurig.«

Es ist wohl unnötig zu erwähnen, dass ich einen Fall witterte. Leider witterte meine Großmutter, dass ich einen Fall witterte. Und bei ihr ist »wittern« ganz wörtlich zu verstehen: Sie zuckte mit der Nase wie ein Hase und ruckte dabei mit dem Kopf hin und her wie ein aufgescheuchtes Huhn. »Harald! Hätt' ich dir das bloß nicht erzählt! Du denkst doch wohl nicht, dass wäre ein …«

Ich vermute mal, dass der Satz mit »… Fall für dich« weiterging, aber ich kann es nicht mit Sicherheit sagen. Denn ich war längst zur Haustür gestürzt.

»Setz wenigstens den albernen Hut ab!«, brüllte meine Großmutter mir hinterher.

Doch ich saß schon auf dem Fahrrad, den Fahrtwind in den Ohren und ein Ziel vor Augen: die Schäferei Jansen, wo ganz sicher mein erster richtiger Fall auf mich wartete.

 # Kapitel 2

In dem ich drei Jansens befrage, auf einen stinkenden
Misthaufen steige und erfahre, dass nicht nur ich nach
Schnucki MäcGaffin suche.

Ich trat ordentlich in die Pedale. Wie fast immer hatte ich Gegenwind. Außerdem geriet mein Mantel von Zeit zu Zeit in die Speichen. Um ihn wieder herauszuziehen, musste ich jedes Mal kurz freihändig fahren, denn mit der anderen Hand hielt ich bereits meinen Hut fest, der mir sonst vom Kopf geweht worden wäre. Oma hat recht, dachte ich, ohne Mantel und Hut würde das besser gehen.

Aber meine Großmutter war ja nicht aus praktischen Gründen gegen mein Detektiv-Outfit. Es war ihr einfach peinlich. Und irgendwie konnte ich sie sogar verstehen. Ich passte in dieses Nordsee-Kaff wie eine Chilischote auf eine Schwarzwälder Kirschtorte. Ein Detektiv gehört in den Großstadtdschungel mit gefährlichen Gangstern, dunklen Spelunken und zwielichtigen Gestalten.

Das Blöken der Schafe riss mich aus meinen Überlegungen. Ich ließ den Blick über den Deich schweifen. Ja, da waren Emma und Lotta und Marcus der Erste und Marcus der Zweite. Es stimmte: Schnucki MäcGaffin war nirgends zu entdecken. Sonst war mir das Schaf immer schon von Weitem aufgefallen, weil es seine großen Ohren aufstellte, sobald jemand den Deich entlangfuhr. Täuschte ich mich, oder wirkten die Schafe beunruhigt? Das war schwer zu sagen, denn in den letzten Wochen schienen die Schafe ständig beunruhigt zu sein. Die Leute im Ort glaubten, das liege an dem roten Leuchten, das neuerdings vom Deich aus am Horizont zu sehen war. Vielleicht hatten sie recht. Vielleicht auch nicht.

Ich erreichte den Hof der Schäferin. Oberflächlich betrachtet, machte alles einen ganz normalen Eindruck. Fliegen sausten durch die Luft. Der Schäferhund Herr Schäfer lag vor seiner Hütte und döste vor sich hin. Als ich mein Fahrrad abstellte, öffnete er kurz das rechte Auge und stellte das linke Ohr auf. Aber er kam wohl zu dem Schluss, dass ich kein Schaf war. Und auch niemand, der gerne Schafe zum Mittagessen verspeist.

Ich fand die Schäferin Frau Jansen in der Küche, wo es nach Kaffee, Zucker und Schaf roch. Mir wurde schlecht. Als ich klein war, hatte Frau Jansen mir mal ein Zuckerbrot angeboten, das ich damals dummerweise annahm. Das Zuckerbrot schmeckte kaum nach Zucker oder Brot, sondern hauptsächlich nach Schaf. Um sie nicht zu beleidigen, musste ich es komplett aufessen. Stellt euch einfach vor, ihr würdet ein in Zucker und Butter gewälztes Schaf abschlecken. Genauso schmeckte das.

»Harald«, rief Frau Jansen jetzt und trocknete sich die Hände an einem rot karierten Handtuch ab. »Schön, dass du mal wieder vorbeikommst! Willst du ein Zuckerbro...«

»Ich bin wegen Schnucki MäcGaffin hier!«, rief ich schnell dazwischen.

»Oh.« Frau Jansen knetete das Handtuch. Sie wirkte plötzlich sehr müde. »Was soll denn mit Schnucki sein?«, fragte sie betont beiläufig.

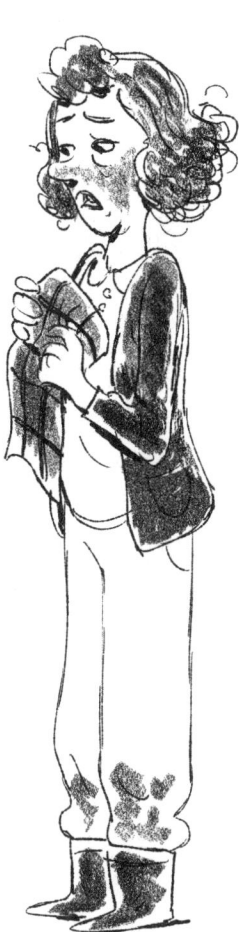

Ich holte meinen Notizblock und meinen Kugelschreiber aus der Innentasche meines Mantels. »Ich wüsste gerne, wann Sie das Verschwinden des Schafs bemerkt haben.«

In Frau Jansens Gesicht bildeten sich rote Flecken, die farblich sehr gut zu dem Handtuch passten. »Verschwinden? Warum denn *Verschwinden*? Ich weiß gar nicht, was du meinst!«

Ich räusperte mich vielsagend, eine altbewährte Detektivtechnik, um Zeugen zu verunsichern. »Ich habe gehört, der Aufenthaltsort von Schnucki MäcGaffin sei zurzeit unbekannt.«

»Ach so, das meinst du!«, rief Frau Jansen und machte eine wegwerfende Handbewegung. Dabei ließ sie das Handtuch aus Versehen los. Ich konnte mich gerade noch darunter wegducken. »Huch! Entschuldige, Harald, ich wollte dich nicht treffen.«

»Kein Problem.« Ich bückte mich nach dem Handtuch. Dabei fiel mein Blick auf einen Korb mit Altpapier. Obenauf lag ein langer weißer Umschlag. *Fleischverarbeitungsbetrieb Gammlich* war als Absender darauf gedruckt, *Ruckelnser Landstraße 23 a, 25111 Humbug.*

»Harald?«, hörte ich Frau Jansen sagen. »Kommst du nicht mehr hoch?«

Schnell richtete ich mich auf und gab Frau Jansen das feuchte Handtuch. »Um noch mal auf Schnucki MäcGaffins Verschwinden einzugehen …«

»Das Schaf ist nicht verschwunden! Es ist auf Borkum.« Sie fing an, eine blau-weiß getupfte Tasse abzutrocknen.

»Borkum? Die Nordseeinsel?« Ich schrieb das in meinen Notizblock und setzte ein großes Fragezeichen dahinter. »Und warum ist Schnucki dort?«

»Ähm … es musste mal raus, unser MäcGaffilein! Zur … Erholung.«

20

Ich notierte auch das. »Aha. Von was genau muss das Schaf sich denn erholen?«

Frau Jansen bearbeitete mit dem Handtuch die Tasse, als wollte sie die weißen Punkte von ihr abreiben. »Na ja, die Schafe stehen ja tagein, tagaus auf dem Deich, und das Scheren des Fells ist auch stressig für sie und ...«

»Und was *macht* Schnucki auf Borkum, um sich zu erholen? Inselrundfahrten? Wassergymnastik? Seidenmalkurse?«

»Öhm ... es wird dort wohl auf dem Deich stehen und Gras fressen, denk ich mal. Aber die Luftveränderung ist das Entscheidende. Und die Grasveränderung. Schnucki gehört ja zu einer schottischen Schafrasse, und hier bei uns auf dem Festland fehlt ihm das Inselgras. Auf Baltrum gibt es das natürlich.«

»Auf Baltrum?«

»Ja, wie ich schon sagte: Schnucki ist auf Baltrum.«

»Nicht auf Borkum?«

»Borkum? Wie kommst du denn da drauf?« Frau Jansen stellte die Tasse mit einem Knall ins Regal. »Aber warum erzähl ich dir das eigentlich alles? Du willst ja sicher Wiebke besuchen, nä?«

»Wiebke? Nein!« Jetzt war ich derjenige, der rote Flecken im Gesicht bekam. Jedenfalls fühlte es sich so an. »Äh, nein«, wiederholte ich mit tiefer Stimme. *Ein Detektiv darf nicht die Fassung verlieren, und wenn er sie doch verliert, muss er so tun, als hätte er sie noch.* Das ist meine Detektiv-Regel Nummer 2.

Ich atmete tief durch. Wiebke. Wiebke Jansen: rote Locken, geformt wie Spirelli-Nudeln, Augen so blau wie Schlumpfeis, Sommersprossen einmal quer über die Nase und ein scharfer Verstand. Wäre ich romantisch veranlagt, hätte ich mich schon im Kindergarten in sie verknallt. Aber das war natürlich nicht der Fall.

»Für Wiebke habe ich heute leider keine Zeit«, teilte ich Frau Jansen mit. »Ich würde mir gerne mal Schnucki MäcGaffins Platz im Stall ansehen, wenn es Sie nicht stört.«

»Dafür habe *ich* leider keine Zeit, Harald. Die Arbeit ruft. Ich muss jetzt den Abwasch fertig machen und dann auf den Deich, nach den Schafen schauen.« Sie drängte mich zur Tür und schob mich hinaus. »Tschü-hüs, Harald!«

Sobald ich draußen war, knallte sie die Tür hinter mir zu. Mir schien, das war ein waschechter Rauswurf.

Ich nahm es ihr nicht übel.

Aber ich fuhr auch nicht nach Hause.

Ich legte mich im Straßengraben vor Jansens Hof auf die Lauer.

Ein paar Minuten später kam Frau Jansen aus dem Haus. Sie führte Herrn Schäfer an der Leine. Der Hund zuckte kurz mit der Nase, als die beiden an meinem Versteck vorbeigingen. Ich zog den Kopf ein.

Sobald Frau Jansen und Herr Schäfer nicht mehr zu sehen waren, schlich ich mich um das Haus herum zum Schafstall.

Ich sondierte kurz die Lage, fand mich unbeobachtet und ging hinein.

Der Stall war leer und roch nach Schaf. Es gab jede Menge Stroh. Neben der Stalltür entdeckte ich einen Fressnapf. Der Größe nach zu urteilen, musste er einer Katze oder einem Hund gehören. Ich kniete mich davor und roch daran. Aha: Das war unverkennbar der strenge Geruch von Katzenfutter.

Ich schaute mich weiter um. In einer Ecke stand ein Pappkarton. Um den Inhalt zu untersuchen, zog ich die gelben Putzhandschuhe über, die ich stets bei mir führe. Meine Detektiv-Regel Nummer 3 lautet nämlich: *Hinterlasse bei den Ermittlungen keine Fingerabdrücke.* Vorsichtig öffnete ich den Karton. Er war voller Dosen. Obenauf lag eine Karte aus dickem cremefarbenem Papier. In geschwungenen Buchstaben war darauf geschrieben: *Eine kleine Kostprobe aus unserem Sortiment. Mit den besten Empfehlungen, Ihr Gustav Gammlich.*

Ich nahm eine der Dosen heraus. Sie machte ein rasselndes Geräusch. Seltsam. So klangen Konserven normalerweise nicht. Die Dose war mit einem golden glänzenden Etikett versehen, auf dem ein schwarzer Katzenkopf mit strahlend roten Augen prangte. *Kitty Glitter* stand darauf.

»Moin, Harald!«, ertönte hinter mir plötzlich eine Stimme.

Ich wollte sofort vor Schreck einfrieren. Vorher ließ ich noch schnell die Karte und die Dose in meine Manteltasche gleiten. Dann fror ich ein.

»Hab ich dich erschreckt?«

Diese Stimme kam mir bekannt vor.

Ich drehte mich um.

In der Stalltür stand Wiebke.

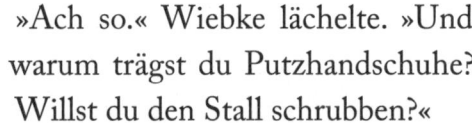

»Nein«, sagte ich, »mich erschreckt nichts. Gefahr ist mein Geschäft.« Ich spürte, wie meine Oberlippe zitterte.

»Ach so.« Wiebke lächelte. »Und warum trägst du Putzhandschuhe? Willst du den Stall schrubben?«

Ich streifte die Handschuhe ab und räusperte mich. »Wiebke, ich bin tatsächlich hier, um euch zu helfen. Mir ist zu Ohren gekommen, dass Schnucki MäcGaffin verschwunden ist.«

»Verschwunden? Ja, das dachten wir bis heute Vormittag auch. Aber dann ist meiner Mutter plötzlich wieder eingefallen, dass sie Schnucki nach Amrum geschickt hat.« Wiebke sah mich mit großen blauen Augen an.

Mein Herz wurde warm. Reiß dich zusammen!, sagte ich mir. *Jeder ist verdächtig.* Das war meine Detektiv-Regel Nummer 4.

»Aha«, murmelte ich, »nach Amrum. Das widerspricht allerdings der Aussage, die deine Mutter mir gegenüber gemacht hat. Sie gab an, das Schaf befinde sich auf Baltrum.«

Wiebkes Haut wurde unter den Sommersprossen rot, was sehr süß aussah. Nein, korrigierte ich mich, natürlich nicht süß. Verdächtig. »Wieso denn *Baltrum*? Ich bin mir ganz sicher, dass meine Mutter *Amrum* gesagt hat.«

»Sie verwickelt sich in Widersprüche«, stellte ich fest.

»Widersprüche? Wie redest du denn über meine Mutter?« Wiebke stemmte die Hände in die Seiten. »Sie ist doch keine Kriminelle oder so was.«

»Beim aktuellen Stand der Ermittlungen kann ich nichts ausschließen.«

»Du spinnst.«

»Du möchtest mich also *nicht* beauftragen, nach dem Schaf zu suchen?«, fragte ich.

Wiebke schnaubte. »Nein, das will ich nicht. Weil Schnucki nämlich auf Amrum ist. Hab ich dir doch schon gesagt.« Sie zog eine ihrer Locken lang und ließ sie los. Die Locke sprang zurück wie ein Gummiband.

»Bist du sicher?«, hakte ich nach. »Mir scheint, mit dem Schaf stimmt etwas nicht.«

»Und woher willst du das wissen?«

Ich zuckte mit den Achseln. »Das sagt mir mein Detektiv-Instinkt.«

Wiebke lachte nervös. Oder genervt, das war nicht ganz klar zu unterscheiden. »Da liegt dein Deppektiv-Instinkt aber ziemlich falsch, Sherlock Hohl. Und ich muss jetzt den Stall ausmisten. Das sagt mir *mein* Instinkt.« Sie zeigte auf ihre Nase.

»Verstehe.« Zum zweiten Mal an diesem Tag wurde ich hinausgeworfen. Ich tippte zum Abschied an meinen Hut, drehte mich um und ging.

Als ich schon fast vom Gelände der Jansens herunter war, fiel mein Blick auf den Misthaufen. Ganz oben thronte ein zusammengeknülltes graues Papier. Zugegeben: Ich zögerte. Konnte das wichtig sein? Wichtig genug, um dafür auf einen Misthaufen zu steigen? Höchstwahrscheinlich nicht. Andererseits: *Alles ist wichtig, bevor es sich als unwichtig herausgestellt hat.* Meine Detektiv-Regel Nummer 5. Also legte ich den Mantel ab, zog Schuhe und Socken aus, krempelte die Hosenbeine hoch und stieg auf den Haufen.

Sofort sank ich bis zu den Waden in die warme Masse ein. Es roch übel. Aus der Hosentasche holte ich die rote Wäscheklammer, die ich für solche Fälle immer dabeihabe. Meine Detektiv-Regel Nummer 6 lautet nämlich: *Ein Detektiv sollte stets eine Wäscheklammer mit sich führen, denn er muss seine Nase unter Umständen in übel riechende Angelegenheiten stecken.*

Zum Glück war der Haufen recht niedrig. Schritt für Schritt watete ich durch den Mist, dann kam ich an das Papier heran.

Es handelte sich um eine Seite aus einer Zeitung. Vorsichtig entfaltete ich sie. Vor Überraschung ging mir beinahe der Hut hoch. In der Mitte der Seite befand sich ein Foto.

Das Foto zeigte Schnucki MäcGaffin. An den großen Schlappohren war das Schaf zweifelsfrei zu erkennen. Es blickte gehetzt in die Kamera. Seine Augen waren riesig. Um den Hals trug es einen herzförmigen Anhänger.

Ein Schaf beim Fleischer

Humbug. Ein mäh-rkwürdiger Einbrecher wurde in der Nacht von Montag auf Dienstag beim Fleischverarbeitungsbetrieb Gammlich beobachtet: ein Schaf. Wachmann Norbert B. berichtet: »Ich mache immer zur vollen Stunde einen Rundgang. Gestern Nacht um vier Uhr auch. Dabei hörte ich plötzlich seltsame Geräusche. Na ja, und dann habe ich es entdeckt.«

Mit der Taschenlampe leuchtete der 56-Jährige einem Schaf ins Gesicht! Laut blökend schlich das Tier um die riesige Katzenstatue herum, die auf dem Gelände für das Kitty-Glitter-Katzenfutter wirbt.

»Es hat große Schlappohren«, schildert Norbert B. das Tier, »ich habe gleich mit dem Handy ein Foto gemacht. Die Geschichte glaubt einem ja sonst keiner.«

Als der Wachmann die Verfolgung aufnahm, lief das Schaf panisch davon und entkam.

Fabrikbesitzer Gustav Gammlich kommentiert: »Wir stehen vor einem Rätsel.« Er betont, dass es sich um ein fremdes Tier handele, das nichts mit der Produktion auf dem Werksgelände zu tun habe.

Bei Redaktionsschluss war das Schaf nach wie vor flüchtig. Achtung: Es besteht Verdacht auf Tollwut. Sachdienliche Hinweise richten Sie bitte an unsere Redaktion oder an die örtliche Polizei.

Ich kombinierte: Schnucki MäcGaffin hatte sich also in der Nacht von Montag auf Dienstag in Humbug aufgehalten. Heute war Mittwoch. Ob Schnucki sich noch immer in Humbug befand, war unklar. Klar war nur eins: Mein Detektiv-Instinkt hatte mich nicht getäuscht. Schnucki steckte nicht auf Borkum, Baltrum oder Amrum, sondern in Schwierigkeiten. Wo war das Schaf da nur hineingeraten? *Kitty Glitter* und *Gammlich* – auf diese beiden Namen war ich im kurzen Verlauf der Ermittlungen jetzt schon mehrmals gestoßen. Das konnte kein Zufall sein.

Ich sah mir die Zeitungsseite genauer an. Sie stammte aus dem *Humbuger Boten*. Das an sich war schon interessant, denn bei uns im Ort gab es diese Zeitung gar nicht zu kaufen. Es war eine aktuelle Ausgabe; sie musste demnach heute von jemandem aus Humbug mitgebracht worden sein.

»Mo-oin, Harald! Was machst du denn in unserem Misthaufen?«

Ich zuckte zusammen und bemerkte, dass ich inzwischen bis zu den Knien in der braunen Masse stand. Schnell steckte ich die Zeitungsseite ein und watete zurück.

»Harald! Mo-oin!«

Aus dem kleinen roten Gebäude hinter dem Mist winkte mir Wiebkes Oma zu.

»Moin, Frau Jansen.«

»Harald! Komm doch mal rüber, wenn du aus dem Misthaufen raus bist!«

Ich ging zu ihr. Sie war eine sehr kleine Frau, kleiner als ich, und hatte die gleichen Locken wie Wiebke, nur in Weiß statt Rot. Aus dem Haus drangen Wortfetzen und Musik. Da lief wohl der Fernseher. Es klang nach Werbung.

»Was hast du denn da auf unserem Mist gesucht, Harald?«

»Äh ... nichts«, sagte ich mit näselnder Stimme. Schnell nahm ich die Wäscheklammer von der Nase. »Ähm ... gar nichts hab ich da gesucht.«

Wiebkes Oma schaute mich skeptisch an. Zu Recht. Wer stieg schon wegen *nichts* auf einen Misthaufen? Ich beschloss, in die Offensive zu gehen. »Frau Jansen, ich will ehrlich mit Ihnen sein. Ich suche das verschwundene Schaf Schnucki Mäc-Gaffin.«

»Du suchst nach Schnucki? Auf dem Misthaufen?« Wiebkes Oma wurde blass. Ihre Locken zitterten. »Aber das Schaf ist doch gar nicht verschwunden. Das dachten wir nur. Vorhin ist es meiner Schwiegertochter dann wieder eingefallen: Schnucki ist ...«

»Ja, ja, ich weiß: auf Amrum, Borkum und Baltrum. Es macht Insel-Hopping, wenn ich das richtig verstanden habe.«

»Insel-Hopsen? Was soll das denn sein?«

»Na, wenn man im Urlaub von einer Insel zur anderen reist. So wie Schnucki MäcGaffin offenbar.«

Wiebkes Oma strahlte. »Ach so, das meinst du! Ja, genau, Schnucki macht Insel-Hopsen. Du brauchst das Schaf also nicht zu suchen. Es ist bloß weggefahren. Das habe ich heute Vormittag auch der eleganten jungen Frau mit den blonden Haaren gesagt.«

»Elegante junge Frau mit blonden Haaren? Hat die nach Schnucki MäcGaffin gefragt?«

Oma Jansen nickte. »Sie hat gefragt, ob Schnucki MäcGaffin zu Hause ist. Sehr höflich war die. Und sehr besorgt um das Schaf.«

Aus der Wohnung kam dramatische Musik.

»Oh, es geht weiter!«, rief Oma Jansen aufgeregt.

»Was schauen Sie denn?«

»*Doktor Doktor Wischers Sprechstunde.* Eine ganz tolle Sendung, sage ich dir. Dieser Doktor Doktor Wischer befreit jede Woche jemanden von einer Sucht, und alles nur mit Hypnose!« Plötzlich wirkte sie traurig. »Tja, sonst hat Schnucki ab und zu seinen Kopf bei mir zum Fenster reingesteckt, wenn ich ferngesehen habe. Dann habe ich ihm jedes Mal eine Karotte gegeben. Weil es nun mal mein Lieblingsschaf ist. Und Wiebkes auch.«

Mir kam ein Gedanke. »Trägt das Tier deshalb diesen Herzanhänger? So was haben die anderen Schafe nicht, oder?«

Oma Jansen seufzte. »Ja, den hat Wiebke ihm geschenkt. Da steht sein Name drauf und unsere Adresse. Armes Schnucki.«

»Aber Frau Jansen«, sagte ich, »das ist doch kein Grund zur Traurigkeit. Schnucki macht doch bloß Insel-Hopsen und ist bald wieder zurück, oder?«

»Ach ja, ja, natürlich! Tschüs dann, Harald. War nett, mit dir zu schnacken, nä!«

Sie schlug mir die Tür vor der Nase zu.

Interessant, dachte ich. Ich hatte mit drei Jansens gesprochen. Und jede von ihnen hatte versucht, mich von der Suche nach Schnucki MäcGaffin abzubringen.

In einem Trog mit eiskaltem Wasser wusch ich mir die Beine und Füße, streifte meinen Mantel über, schwang mich auf mein Fahrrad und fuhr los.

Als ich mich weit genug von der Schäferei entfernt hatte, hielt ich an, setzte mich auf eine Bank, holte meinen Notizblock aus der Manteltasche und befolgte meine Detektiv-Regel Nummer 7: *Liste die bekannten Fakten stets schriftlich auf.*

1. Das Schaf Schnucki MäcGaffin wurde seit Dienstag nicht mehr gesehen. Genauer Zeitpunkt des Verschwindens: unbekannt.

2. Die Schäferin Frau Jansen sowie die Tochter der Schäferin, Wiebke Jansen, und auch Oma Jansen behaupten, Schnucki MäcGaffin sei auf eine Nordseeinsel gefahren. Den Namen der Insel geben sie widersprüchlich mit »Borkum«, »Baltrum« und »Amrum« an. Frau Jansen bekommt beim Thema MäcGaffin rote Flecken im Gesicht, und Wiebke Jansen wird unter ihren Sommersprossen rot, was sehr ~~süß~~ verdächtig aussieht. Oma Jansens Locken zittern.
Hypothese: Die Jansens wissen mehr über das Schaf Schnucki MäcGaffin, als sie zugeben.

?

Frage: Warum versuchen sie, Schnuckis Verschwinden zu vertuschen?

3. Bei Jansens im Altpapier liegt ein Umschlag mit dem Absender »Fleischverarbeitungsbetrieb Gammlich. Ruckelnser Landstraße 23 a, 25111 Humbug«.

4. Auf dem Misthaufen der Jansens befand sich eine zusammengeknüllte Zeitungsseite (Beweisstück Nummer 1). Es handelt sich um die Seite 3 des »Humbuger Boten« von heute. Berichtet wird von einem Schaf, das nachts auf dem Gelände des Fleischverarbeitungsbetriebs Gammlich in Humbug auftauchte. Das Foto zeigt das Schaf Schnucki MäcGaffin. Daraus ist zu schließen, dass es sich in der Nacht von Montag auf Dienstag in Humbug aufhielt.

?

Fragen: Wissen die Jansens, dass Schnucki in Humbug war oder ist? Kennen sie den Zeitungsartikel? Besteht ein Zusammenhang zwischen dem Umschlag des Fleischverarbeitungsbetriebs Gammlich in Jansens Altpapier und der Tatsache, dass Schnucki MäcGaffin auf dem Gelände genau dieses Betriebs auftauchte?

5. Aus dem Zeitungsartikel geht außerdem hervor, dass der Fleischverarbeitungsbetrieb Gammlich das Kitty-Glitter-Katzenfutter herstellt. In diesem Zusammenhang ist es vielleicht von Bedeutung, dass sich in Jansens Schafstall ein Pappkarton voller Kitty-Glitter-Dosen befindet. Ich konnte eine der Dosen sichern (Beweisstück Nummer 2). Die Dose gibt für eine Konserve höchst untypische, rasselnde Geräusche von sich.

Frage: Befindet sich darin wirklich Katzenfutter oder womöglich etwas ganz anderes? **?**

6. In dem Pappkarton lag eine Karte aus dickem cremefarbigem Papier. Darauf steht: »Eine kleine Kostprobe aus unserem Sortiment. Mit den besten Empfehlungen, Ihr Gustav Gammlich«. Auch die Karte konnte ich sicherstellen (Beweisstück Nummer 3).

7. Wiebkes Oma teilte mir mit, dass sie heute Vormittag Besuch von einer »sehr höflichen, blonden, eleganten jungen Frau« hatte. Oma Jansen sagte dieser Frau, dass Schnucki weggefahren sei und man nicht nach dem Schaf suchen müsse.

   Hypothesen: Die blonde Frau ist zu den Jansens gegangen, weil sie den Zeitungsartikel über Schnucki MäcGaffin gelesen hat. Die Zeitungsseite verlor sie dann auf dem Hof der Jansens. **!**

   Fragen: Welches Interesse hat die blonde Frau an dem Schaf? Wie hat sie herausgefunden, dass Schnucki den Jansens gehört? Ist sie vielleicht in den Besitz des Herzanhängers gelangt, auf dem die Adresse der Jansens steht? Wenn ja: wie? **?**

Zufrieden klappte ich meinen Notizblock zu. Etwas war faul in dieser Schäferei, das roch ich drei Meilen gegen den Wind.

Kapitel 3 🐈

In dem ich eine riskante Wette eingehe, meinen ersten echten Auftrag erhalte und die Verfolgung aufnehme.

Offenbar roch man auch mich drei Meilen gegen den Wind. Kaum hatte ich unser Haus betreten, ertönte eine schrille Stimme: »Harald? Haaarald! Komm doch mal!«

Das war eindeutig Frau Hinnerksen. Ich kombinierte: Mittwochs ab Viertel vor zwei spielte meine Oma mit ihren Freundinnen bei uns im Wohnzimmer Karten.

»Haaaaarald!«, rief Frau Hinnerksen noch mal.

»Lass doch, Frau Hinnerksen«, hörte ich gleich darauf meine Großmutter sagen. »Harald will jetzt sicher nicht gestört werden.«

Oha. Das schien interessant zu werden. Also öffnete ich die Tür und schaute ins Wohnzimmer. Tatsächlich, da auf dem grünen Sofa saßen sie alle: Frau Hinnerksen, Frau Sörensen und Frau Aus dem Moore. Und im passenden Sessel dazu thronte meine Großmutter: Frau Donnerschlag.

»Harald!«, sagte Frau Hinnerksen. »Du bist doch Detektiv, nä?«

Meiner Großmutter fielen vor Schreck die Karten aus der Hand. »Nein!«, rief sie. »Harald tut doch nur so, Frau Hinnerksen.«

Ich setzte einen Schritt in den Raum hinein. »In der Tat, Frau Hinnerksen«, sagte ich, »ich betreibe eine kleine Detektei.«

»Sehr gut!« Frau Hinnerksen legte ihre Spielkarten auf dem Tisch ab. »Dann hat Frau Aus dem Moore einen Fall für dich.«

Meine Großmutter seufzte laut. »Lass doch, Frau Hinnerksen, das ist doch nur Kinderquatsch mit der Detektei.«

Ich überhörte das und wandte mich an Frau Aus dem Moore. »Wie kann ich Ihnen helfen?«

Frau Aus dem Moore atmete tief ein und aus. »Tja, Harald«, sagte sie, »wo fang ich denn da am besten an?«

Jetzt legte auch Frau Sörensen ihre Karten zur Seite. Meine Großmutter seufzte schon wieder.

Ich holte meinen Notizblock heraus.

Frau Aus dem Moore warf meiner Großmutter einen kurzen entschuldigenden Blick zu. »Na gut. Es ist ja so: Seit Generationen wird in meiner Familie der Siegelring mit unserem Wappen weitergegeben. Es zeigt einen Mann, der aus dem Moor steigt. Das Motiv geht auf eine Familienlegende zurück: Einer meiner Urahnen soll nämlich im Moor versunken sein. Man hatte ihn schon aufgegeben, doch Tage später kehrte er zurück. Völlig verdreckt, aber lebendig.«

Frau Hinnerksen, Frau Sörensen und sogar meine Großmutter nickten zustimmend. Diese Geschichte schien allgemein bekannt zu sein.

Frau Aus dem Moore fuhr fort. »Um seine wundersame Rettung zu feiern, entwarf dieser Urahn unser Wappen und ließ es in einen Siegelring gravieren. Er wird von Generation zu Generation vererbt. Ich trage den Ring jeden Tag. Na ja, bis jetzt. Denn seit ich ihn am Montag zum Backen abgenommen habe, ist er …«, Frau Aus dem Moore machte eine Pause, »verschwunden!«

Frau Hinnerksen und Frau Sörensen schüttelten bekümmert die Köpfe. Nur meine Großmutter schien vollkommen unbeeindruckt. »Den wirst du selbst verbumfiedelt haben, Frau Aus dem Moore«, sagte sie und nahm ihre Karten wieder auf. »Lasst uns weiterspielen, meine Damen.«

Doch so einfach ließ Frau Aus dem Moore sich nicht abspeisen. »*Verbumfiedelt?* Nee, nee, Frau Donnerschlag, ich habe den Ring bestimmt nicht verlegt. Die ganze Küche habe ich abgesucht. Der Ring ist weg. Und: Das Fenster war offen! Das hatte ich nämlich aufgemacht, weil es beim Backen so heiß geworden ist.«

Ich notierte mir alles. Dann reichte ich Frau Aus dem Moore meine Visitenkarte. Meine Großmutter versuchte noch, sie ihr wegzuschnappen, aber Frau Aus dem Moore war schneller.

»*Harald Donnerschlag, Detektiv*«, las sie vor. »*Gefahr ist mein Geschäft.* Oha. Das klingt aber gefährlich.«

»Ich übernehme Ihren Fall gerne, Frau Aus dem Moore«, sagte ich. »Allerdings muss ich Ihnen mitteilen, dass ich zurzeit noch in der Sache des verschwundenen Schafs Schnucki Mäc-Gaffin ermittele. Für den Ring werde ich also voraussichtlich erst nächste Woche Zeit haben.«

Meine Großmutter stöhnte. »Das Schaf ist kein *Fall*, Harald, und ...«

»Das freut mich aber, dass du meinen Fall übernimmst!«, fiel Frau Aus dem Moore ihr ins Wort. »Willst du dann bald mal vorbeikommen, um dir den Tatort anzuschauen?«

Meine Großmutter warf ihre Karten auf den Tisch. »Nein, das will Harald nicht! Er muss zu Hause bleiben und Mathe lernen, weil er nämlich sonst nie von seiner Fünf runterkommt. Punktum!«

Frau Aus dem Moore presste die Lippen aufeinander. Frau Sörensen rutschte unbehaglich auf dem Sofa hin und her. Frau Hinnerksen hörte interessiert zu.

»Aber Oma, Detektivarbeit ist nichts anderes als Logik«, erklärte ich. »Und logisches Denken bringt mir auch für Mathe was.«

»Und warum schreibst du dann eine Fünf nach der anderen? Nee, nee, ich will von diesem ganzen Detektiv-Kram nichts mehr hören! Von nun an ist Schluss damit. Die Detektei im Keller wird morgen geräumt. Und nimm endlich diesen dummen Hut ab!«

Panik stieg meinen Hals hoch wie Kohlensäure nach einem zu großen Schluck aus der Limoflasche. Meine Großmutter durfte unter keinen Umständen meine Detektei schließen. Gerade jetzt, wo ich gleich zwei richtige Fälle hatte!

Frau Hinnerksen schien das auch so zu sehen. »Du, Frau Donnerschlag«, sagte sie, »ich finde, du solltest Harald eine Chance geben.«

»Eine Chance, nicht sitzen zu bleiben, genau!«, schnaubte meine Großmutter.

Frau Aus dem Moore schwieg. Frau Sörensen schaute aus dem Fenster.

Nur Frau Hinnerksen lächelte. »Ich hab's! Ihr beiden schließt eine Wette ab. Wenn Harald bis Sonntag um Mitternacht herausfindet, was mit Schnucki MäcGaffin geschehen ist, darf er seine Detektei behalten. Und wenn er es nicht schafft, gibt er seine Detektei auf. Was sagt ihr?« Sie sah meine Großmutter und mich an.

Ich schluckte. Natürlich zweifelte ich nicht an meinen detektivischen Fähigkeiten. Aber wie ein Fall sich entwickelt, hängt zum Teil auch von Zufällen ab.

Meine Großmutter schien genauso scharf nachzudenken wie ich. Ihr Kopf ruckte hin und her.

»Und?«, fragte Frau Hinnerksen.

»Ich bin dabei«, sagte ich mit fester Stimme und reichte meiner Oma die Hand.

Sie zuckte davor zurück, als würde ich ihr eine giftige Schlange hinhalten.

Frau Hinnerksen setzte eine herausfordernde Miene auf.

»Und, schlägst du ein, Frau Donnerschlag? Oder bist du zu feige?«

Langsam, sehr langsam legte meine Großmutter ihre Hand in die meine.

»Topp, die Wette gilt!«, rief Frau Hinnerksen.

Als ich wieder auf den Flur trat, schien ein Gewicht mich zu Boden zu ziehen. Hatte ich mir da etwa zu viel vorgenommen? Aber dann merkte ich, dass es sich bloß um die Dose Katzenfutter in meiner Manteltasche handelte. Erleichtert holte ich das glitzernde Ding heraus und wog es in den Händen. Wieder ertönte das rasselnde Geräusch. Was befand sich wohl in der Dose? Das musste näher untersucht werden. Gut, sagte ich mir. Jetzt heißt es ermitteln, bis der Hut raucht.

In der Küche nahm ich den Dosenöffner aus der Schublade. Und schon kam Fräulein Karnelia angelaufen. »Na«, flötete ich, »hast du Hunger?«

»Maunz!«, machte die Katze. Es klang wie »Blöde Frage!«.

Ich setzte den Öffner an die Dose.

»Wo will denn die Schäferin um diese Zeit hin?«, kam plötzlich Frau Hinnerksens Stimme von nebenan. »Und mit dem Koffer!?«

Ich ließ den Dosenöffner sinken und sah aus dem Fenster. Es stimmte: Da draußen ging jemand die Straße entlang. Frau Jansen. Sie zog einen rot karierten Koffer hinter sich her.

Ich kombinierte: Der Koffer wies darauf hin, dass die Schäferin verreisen wollte. Doch mit welchem Ziel? Humbug vielleicht? Um dort nach Schnucki MäcGaffin zu suchen?

Ich legte den Dosenöffner zur Seite. Fräulein Karnelia miaute empört. Ich überhörte das, stopfte die Dose zurück in meine Manteltasche und schlich mich aus der Küche und zur Haustür.

Zu meinem Glück war der Nebel gerade genau richtig für meine Zwecke: dicht genug, um unauffällig an Frau Jansen dranbleiben zu können, und dünn genug, um sie nicht aus den Augen zu verlieren. In einigem Abstand folgte ich ihr. Gut, dass sie Herrn Schäfer nicht dabeihatte, der hätte mich sofort gerochen und verbellt.

Doch ich freute mich zu früh. Statt eines Bellens ertönte ein Miauen. Und dann strich mir Fräulein Karnelia um die Beine.

»Pscht!«, machte ich. »Sei leise!«

Die Katze maunzte noch lauter.

Die Schäferin drehte sich um. Schnell sprang ich in den Straßengraben. Einen Moment später erklang Frau Jansens Stimme ganz in der Nähe. Sie musste ein Stück zurückgegangen sein, um Fräulein Karnelia zu streicheln.

»Pspspspsps, ich hab leider keine Zeit, dich zu kraulen, ich muss weiter«, sagte Frau Jansen.

Die Katze schnurrte. Dann vernahm ich Schritte, die sich langsam entfernten. Fräulein Karnelia schaute zu mir in den Straßengraben und miaute laut.

»Pscht, ich hab den Dosenöffner zu Hause gelassen«, flüsterte ich.

»Maunz!«, antwortete die Katze. Vermutlich hieß das »Verdammt!« oder »Idiot!« oder auch »Verdammter Idiot!«.

Ich kombinierte: Mit Fräulein Karnelia an der Backe konnte ich die Verfolgung vergessen. Sie würde mich durch ihr Miauen früher oder später verraten. Ich kombinierte weiter: Wenn Frau Jansen wirklich auf dem Weg zum Bahnhof war, konnte ich eine Abkürzung nehmen.

Vorsichtig hob ich den Kopf aus dem Graben. Frau Jansen hatte sich schon ein ganzes Stück entfernt. Als sie weit genug weg war, kletterte ich hinaus und klopfte mir das Laub vom

Mantel. Dann lief ich los, querfeldein in Richtung Bahnhof. Fräulein Karnelia folgte mir. Offenbar hatte sie das mit dem Dosenöffner immer noch nicht kapiert.

Ich will darauf verzichten, hier die diversen Stacheldrahtzäune zu schildern, in denen ich mich auf dem Weg verfing. Auch all die Kuhfladen, in die ich stolperte, möchte ich nicht weiter breittreten. Sagen wir es einfach so: Der Weg war beschwerlich. Immerhin schien die Katze irgendwann die Verfolgung aufzugeben.

Schließlich erreichte ich den Bahnhof. Mein Herz raste – und das nicht nur wegen der Anstrengung. Jetzt kam es darauf an. Wenn meine Vermutung falsch war und Frau Jansen gar nicht zum Bahnhof wollte, hatte ich verloren. Ich versteckte mich hinter den Altglascontainern.

Einen Moment später tauchte die Schäferin auf. Sie sah sich kurz um und ging dann in das Bahnhofsgebäude. In einigem Abstand schlich ich ihr nach. Frau Jansen schleppte ihren Koffer zielstrebig zum Gleis Nummer 2. Dort stand ein Zug.

»An Gleis 2 steht für Sie bereit: Regionalbahn nach Humbug. Abfahrt um 14 Uhr 53«, tönte es durch den Lautsprecher.

Frau Jansen hastete am Zug entlang und stieg ganz vorne in den ersten Wagen.

»Zurückbleiben bitte, Türen schließen!«

Was sollte ich tun? So würde ich Frau Jansens Spur verlieren! Kurz entschlossen schlüpfte ich durch die sich langsam schließenden Türen in den letzten Wagen.

Dann fuhr der Zug los.

Kapitel 4 🐈

In dem ich aus Versehen schwarzfahre, keinen Durchfall habe und eine blonde und elegante junge Dame kennenlerne.

Ich gebe es offen zu: Das war so nicht geplant gewesen. Im ersten Augenblick konnte ich eine gewisse Panik nicht unterdrücken. Ich war in einem fahrenden Zug und hatte keine Fahrkarte. Und auch kein Geld. In meiner Manteltasche befand sich außer meinem Notizblock und meinem Mobiltelefon nur eine Dose Katzenfutter. Ich bezweifelte, dass man sie als Bezahlung akzeptieren würde.

»Die Fahrkarten bitte!«

Das war die Schaffnerin. Ich konnte sie zwar noch nicht sehen, aber bereits hören. Meine Probleme schienen genauso schnell Fahrt aufzunehmen wie der Zug.

»Die Fahrkarten bitte!«

Ich musste handeln. Geistesgegenwärtig verdrückte ich mich auf die Zugtoilette und schloss schnell hinter mir ab. Um etwas zu tun zu haben, wusch ich mir die Hände. Das Wasser war kalt, und es gab keine Papierhandtücher. Aber das war bei Weitem nicht mein größtes Problem.

Einen Moment später wurde an der Klinke gerüttelt.

»He, Sie da drin! Wie lang dauert das denn noch?«

Mein erster Gedanke war: die Schaffnerin. Aber dann rief die Stimme von draußen: »Ich muss mal! Dringend!«

Wer immer diese Person war: Es galt, sie so schnell wie möglich loszuwerden. »Sorry«, rief ich, »hab Durchfall!«

»Ich auch!«, brüllte die Stimme von draußen.

»Und ich übergebe mich gleich!«, setzte ich drauf.

»Ich auch!«, kam es von draußen.

Das Rütteln an der Tür wurde stärker.

Ich kombinierte: Die Person vor der Klotür würde bald die Aufmerksamkeit auf mich lenken. Vielleicht war es besser, sie einfach reinzulassen.

Ich machte auf.

»Huch!« Die Person fiel geradezu mit der Tür in den winzigen Raum hinein. Dann drehte sie sich blitzschnell um und schloss ab.

»Moment, ich will noch raus«, wollte ich eigentlich sagen, aber die Worte blieben mir im Hals stecken.

Vor mir stand Wiebke.

»Du übergibst dich ja gar nicht«, sagte sie.

»Du dich auch nicht«, entgegnete ich schlagfertig.

»Hast du Durchfall?«, fragte sie.

Ich schüttelte den Kopf. »Hast du eine Fahrkarte?«, fragte ich zurück.

Sie schüttelte den Kopf.

»Ich auch nicht«, sagte ich.

Damit war das schon mal geklärt.

Wir schwiegen einen Moment. »Und was machst du hier?«, fragten wir dann gleichzeitig.

»Ich ermittele.«

»Ich auch.«

Das gefiel mir nicht. »Aber du bist doch gar kein Detektiv.«

»Wenn, dann bin ich eine Detektiv*in*. Und um etwas rauszufinden, braucht man eh kein *Deppektiv* zu sein.«

Ich zuckte zusammen. Dieses Wort.

Wiebke sah mich an. »Hast du meiner Mutter nachspioniert? Das hätte ich dir gar nicht zugetraut.«

Ich schluckte meinen Ärger herunter. *Streitlust und Rechthaberei sind im Umgang mit Zeugen selten zielführend.* Meine Detektiv-Regel Nummer 8. Stattdessen stellte ich eine Gegenfrage. »Hast du deiner Mutter ebenfalls nachspioniert?«

Die Haut unter Wiebkes Sommersprossen wurde rot. »Das musste ich gar nicht. Sie hat mir selbst gesagt, welchen Zug sie nimmt. Aber sie hat mir nicht verraten, warum sie plötzlich heute schon nach Humbug fährt, drei Tage früher.«

»Wieso *früher*?«, hakte ich nach. »War diese Reise geplant? Aber für einen anderen Zeitpunkt?«

Wiebke nickte. »Sie hat am Freitag in Humbug einen Geschäftstermin.«

»Einen Geschäftstermin?« Blitzschnell kombinierte ich: »Mit dem Fleischverarbeitungsbetrieb Gammlich?«

Wiebke wurde blass. »Woher weißt du das?«

Ich zuckte lässig mit den Achseln. »Ermittlungsarbeit.«

Wiebke zuckte ebenfalls mit den Achseln, aber nicht lässig, sondern traurig. »Ist eh bald kein Geheimnis mehr: Wir sind pleite und müssen unsere Schafe an diesen blöden Fleischer verkaufen. Die armen Tiere! Immerhin konnte ich meine Mutter dazu bringen, dass wir Schnucki MäcGaffin behalten. Weil es doch mein Lieblingsschaf ist. Und meine Oma hat Schnucki auch besonders gern. Für das Schaf wird das aber schwer. Es braucht doch die Herde, alleine fühlt es sich nicht wohl.« Ihre Augen glänzten feucht.

Ich räusperte mich. Wie sollte ich Wiebke schonend beibringen, dass ihr Lieblingsschaf ausgerechnet auf dem Gelände des Fleischverarbeitungsbetriebs aufgetaucht war?

»Ähm, Wiebke, ich befürchte, deine Mutter sagt dir nicht die Wahrheit.«

Wiebke stemmte die Arme in die Seiten. »Willst du etwa schon wieder behaupten, dass meine Mutter lügt?«

»Du scheinst ihr die Amrum-Borkum-Baltrum-Geschichte ja selber nicht zu glauben«, verteidigte ich mich. »Oder warum verfolgst du sie nach Humbug?«

Wiebke ließ die Schultern sinken. »Na ja, es ist schon etwas seltsam, dass Schnucki ganz alleine auf Amrum sein soll. Wenn wir Schafe umweiden, dann normalerweise in Gruppen von mindestens fünf Tieren. Aber meine Mutter würde mir nichts Falsches erzählen.«

»Die Fahrkarten bitte!«

Das kam von draußen. Wir hielten den Atem an.

»Danke schön, und hier auch einmal die Fahrkarten bitte!«

»Ich glaube, die Schaffnerin ist weg«, flüsterte Wiebke schließlich. »Mal schauen, ob die Luft rein ist.«

Ich hielt mir die Nase zu. »Hier drin jedenfalls nicht.«

Wiebke lachte nicht. Schade. Stattdessen griff sie nach der Türklinke.

»Stopp«, sagte ich. »Das ist *mein* Job.«

»Warum?« Wiebke ließ die Klinke nicht los.

»Das ist zu gefährlich für dich.«

»Und für dich nicht?«

»Gefahr ist mein Geschäft.«

»Gefahr ist mein Geschäft«, äffte Wiebke mich nach.

»Pscht! Du verrätst uns noch.«

Das wirkte. Wiebke war still.

»Dann schaue ich jetzt mal, ob die Luft rein ist«, flüsterte ich und wollte nach der Türklinke greifen.

Aber Wiebke stellte sich davor. »Nein, *ich* schaue, ob die Luft rein ist!«

Ich versuchte, sie zur Seite zu schieben. »Nein, *ich* schaue, ob die Luft rein ist!«

48

»Nein, *ich* schaue, ob die Luft rein ist!«

»Nein, *ich*!«

»Nein, *ich*!«

»Die Luft ist nicht rein«, kam eine Stimme von draußen. »Verlassen Sie sofort die Zugtoilette, oder ich rufe die Polizei.« Ich signalisierte Wiebke, die Tür zu öffnen. *Lege dich niemals mit der Polizei an!* Meine Detektiv-Regel Nummer 9.

Die Schaffnerin wirkte erleichtert, als sie uns sah. Vielleicht hatte sie sich uns furchteinflößender vorgestellt. »Wo sind denn eure Eltern? Habt ihr euch verlaufen? Seid ihr nicht mehr aus der Toilette herausgekommen? Habt ihr Durchfall? Müsst ihr euch übergeben?«, flötete sie.

Wiebke schniefte leise. »Ich kann meine Mutter nicht mehr finden.«

Die Schaffnerin nickte zufrieden. »Seid ihr Geschwister?«

Wiebke schüttelte den Kopf. »Nein. Ich glaube, der da hält sich für einen Deppektiv, äh, Detektiv.«

»Wie süß!«, rief die Schaffnerin. »Deshalb trägst du auch diesen niedlichen Hut! Wolltest du dem kleinen Fräulein helfen, die Mama wiederzufinden, ja?«

Na, vielen Dank. Mir blieb nichts übrig, als zu nicken und dabei mit den Zähnen zu knirschen.

»Und wo ist deine eigene Mama?«

»Ganz vorne im Zug«, sagte ich, um Zeit zu gewinnen. Wir befanden uns schließlich gerade ganz hinten im Zug.

»Meine auch«, sagte Wiebke, und bei ihr stimmte das sogar. Sie grinste mich an. Wahrscheinlich überlegte sie, wie ich wohl aus der Nummer wieder herauskommen würde.

Das fragte ich mich ebenfalls.

»Na, dann gehen wir mal eure zwei Mamas suchen, ihr Rasselbande!«, verkündete die Schaffnerin.

Auf dem Weg dachte ich fieberhaft nach, aber mir wollte einfach keine Lösung für mein Problem einfallen. Als wir in Wagen drei angekommen waren, geriet ich langsam in Panik. Nur noch zwei Wagen, bis herauskommen würde, dass ich gar keine Mama in diesem Zug hatte.

»Da ist ja deine Mutter!«, rief Wiebke plötzlich und blieb so abrupt stehen, dass ich fast in sie hineingelaufen wäre. Sie zeigte auf eine elegant gekleidete junge Frau, die eine bunt glänzende Zeitschrift las.

Die Frau blickte auf. Ihre blonden Haare waren kunstvoll hochgesteckt, darauf trug sie einen kleinen grünen Hut. Sie war wunderschön.

»Wir bringen Ihnen Ihren süßen Detektiv zurück«, sagte die Schaffnerin.

Die Frau sah sie verständnislos an.

Ich reagierte geistesgegenwärtig, indem ich mich auf den Sitz neben der Frau fallen ließ und seufzte: »Ich hab mich verlaufen, Mama!«

»Ist ja alles wieder gut.« Die Schaffnerin tätschelte mir jetzt wirklich den Kopf, oder besser gesagt: den Hut. Ich ließ es über mich ergehen.

Die Frau neben mir lächelte der Schaffnerin zu. »Vielen Dank.«

Ich atmete auf.

»Gern geschehen, dafür bin ich ja da.« Die Schaffnerin dampfte mit Wiebke ab. Sie schien komplett vergessen zu haben, meine Fahrkarte zu kontrollieren. Mir sollte es recht sein.

»Entschuldigen Sie, dass ich Sie Mama genannt habe«, sagte ich, als die Schaffnerin außer Hörweite war, »ich erlaube mir solche Vertraulichkeiten sonst nicht. Aber die Situation erforderte es leider.«

Die Frau lächelte. »Ich verzeihe dir. Auch wenn ich eigentlich etwas zu jung bin, um deine Mutter zu sein. Bist du ganz allein unterwegs?«

»Woraus schließen Sie das?«

»Sonst hättest du mich nicht als deine Mama ausgeben müssen, um die Schaffnerin loszuwerden.«

Ich nickte anerkennend und reichte ihr meine Visitenkarte.

»*Harald Donnerschlag, Detektiv*«, las sie vor. »*Gefahr ist mein Geschäft.*« Sie wedelte mit der Karte in der Luft herum und lachte. »Du liebst also die Gefahr, ja?«

»Nein, ich liebe sie nicht. Ich bemühe mich, durch gute Planung und kluges Kombinieren die Risiken möglichst klein zu halten. Doch wenn die Ermittlungen es erfordern, stelle ich mich der Gefahr.«

»Spannend«, sagte sie. »Ach, Detektiv – das wäre ein Beruf für mich. Aber ich arbeite in der Werbung. Das ist auch ganz interessant.« Sie reichte mir ebenfalls eine Visitenkarte. »Ich betreibe zusammen mit meinem Ehemann eine kleine Agentur.

Florian hat großes Talent für die Werbung. Also haben wir uns vorletztes Jahr selbstständig gemacht.«

Auf der Karte stand in großen Buchstaben: *Kotzbach Kreativ. Werbeagentur.* Und etwas kleiner darunter: *Gabriele von Kotzbach. Kreativ-Direktorin.*

Vorsichtig sah ich die Frau von der Seite an. Sie war blond. Und jung. Und elegant. So wie die Person, die am Vormittag bei Wiebkes Oma nach Schnucki MäcGaffin gefragt hatte.

»Sind Sie auch geschäftlich unterwegs?«, erkundigte ich mich.

Gabriele von Kotzbach nickte. »Ja. Ja, das kann man so sagen. Ich war in ... in Dingenskirchen. Dort habe ich mit der Druckerei die Entwürfe für unsere neuen Kitty-Glitter-Plakate besprochen. Die Werbefigur Kitty Glitter kennst du ja sicher, oder? Die schwarze Katze mit den roten Augen? *Kitty Glitter lässt Katzenaugen leuchten.* Den Spruch hat Florian sich ausgedacht. Und den Werbespot dazu auch.«

»Oh ja, das ist eine tolle Kampagne«, behauptete ich. In Wirklichkeit kannte ich die Werbung gar nicht, denn meine Oma und ich haben keinen Fernseher. Um meine Begeisterung glaubwürdiger zu machen, holte ich die Dose Katzenfutter aus der Manteltasche. »Ich führe stets eine Dose Kitty Glitter mit mir. Falls ich eine hungrige Katze treffe.« Ich schüttelte die Dose. Sie gab das rasselnde Geräusch von sich.

»Das ist aber nett von dir!« Gabriele von Kotzbach strich mit den Fingern über die glitzernde Dose, als handele es sich um ein kostbares Schmuckstück. »Und woher nimmst du unterwegs das warme Wasser, um das Futter anzurühren?«

»Äh, anrühren?«

»Du hast wohl noch nie eine hungrige Katze getroffen, was? Kitty Glitter ist das einzige Katzenfutter-Konzentrat auf dem Markt. Man muss nur warmes Wasser drübergeben, und schon ist die Katzenmahlzeit fertig. Das ist ein großartiges Alleinstellungsmerkmal. So nennt man das im Marketing.«

Also deshalb rasselte die Dose, wenn man sie schüttelte! Schade. Ich hatte gehofft, etwas Interessanteres darin zu entdecken als getrocknetes Katzenfutter.

Als würde sie meine Enttäuschung spüren, seufzte Gabriele von Kotzbach tief. »Ach ja, Kitty Glitter …«

»Ist irgendwas nicht in Ordnung?«, hakte ich nach.

»Nein, nein, alles bestens.« Sie zeigte aus dem Fenster. »Bald sind wir in Humbug.«

Ich sah hinaus. Draußen waren immer weniger Wiesen und Felder zu sehen und immer mehr Häuser. Durch den leichten Nebel waberten rote Lichtfinger über die Landschaft. Ich kombinierte: Das musste das rote Leuchten sein, das bei uns überm Deich die Schafe nervös machte.

»Wissen Sie vielleicht, woher diese roten Lichtstrahlen kommen?«, fragte ich Gabriele von Kotzbach.

»Die Lichtstrahlen? Die kommen vom Gelände der Gammlich-Werke. Florian hat dort eine riesige Kitty-Glitter-Statue aufstellen lassen, mit roten Scheinwerfer-Augen. Das ist eine sehr effektive Werbemaßnahme. Jeder, der das Licht sieht und unsere Werbung kennt, denkt gleich an Kitty Glitter.«

»Wirklich ein toller Einfall«, schmeichelte ich. Dabei überlegte ich, wie ich mehr über Gabriele von Kotzbach herausfinden konnte. Am besten wäre es, sie in ihrer Agentur aufzusuchen. Mir kam eine Idee.

»Ist es möglich, bei Ihnen in der Agentur ein Schülerpraktikum zu machen? Ich würde gerne von den Besten lernen.«

Sie lächelte. »Ein Schülerpraktikum? Hm. Wir hatten zwar noch nie einen Praktikanten, aber warum nicht?«

»Perfekt. Dann komme ich am besten einfach mal zu einem Bewerbungsgespräch vorbei.«

Sie nickte. »Ja, gerne.«

»Passt es Ihnen morgen um elf?«

Gabriele von Kotzbach stutzte. Ihre Zustimmung war wohl etwas unverbindlicher gemeint gewesen. Aber: *Ein Detektiv kann nicht immer feinfühlig sein. Er muss jede Ermittlungs-Chance wahrnehmen. Das ist meine Detektiv-Regel Nummer 10.*

»Ähm, na ja, gut«, murmelte sie. Dann schaute sie wieder in ihre Zeitschrift.

Ich kombinierte: Das Gespräch war beendet.

Also nahm ich meinen Notizblock aus der Tasche und trug die neuen Fakten zusammen:

8. Frau Jansen ist mit einem Koffer unterwegs nach Humbug. Wiebke ist ihr heimlich gefolgt.

9. Wiebke berichtete mir, dass Frau Jansen die Herde an den Fleischverarbeitungsbetrieb Gammlich verkaufen will, weil die Jansens pleite sind. Frau Jansen hat am Freitag in Humbug einen Termin mit dem Fleischer. Schnucki MäcGaffin soll als einziges Schaf nicht verkauft werden, weil es das Lieblingsschaf von Wiebke und Oma Jansen ist.

10. Im Zug habe ich Gabriele von Kotzbach kennengelernt. Sie ist jung, blond und elegant gekleidet.
    Hypothese: Gabriele von Kotzbach ist die Frau, die bei Wiebkes Oma nach Schnucki MäcGaffin gefragt hat. Zur Überprüfung dieser Hypothese werde ich Gabriele von Kotzbach morgen um 11 Uhr in ihrer Werbeagentur aufsuchen.

11. Gabriele und Florian von Kotzbach produzieren die Werbung für das Kitty-Glitter-Futter. Florian hat sich die Werbefigur Kitty Glitter ausgedacht, eine schwarze Katze mit roten Augen. Auf dem Gelände des Fleischverarbeitungsbetriebs Gammlich steht eine Kitty-Glitter-Statue mit roten Scheinwerferaugen.
    Hypothese: Sie ist die Quelle des roten Leuchtens, das man in Ruckelnsen über dem Deich sieht.

12. Bei dem Kitty-Glitter-Futter handelt es sich um ein Granulat, das mit warmem Wasser angerührt werden muss. Dies erklärt das

rasselnde Geräusch, das die Dose abgibt, wenn sie geschüttelt wird.

Nachdenklich schaute ich auf die Seite. Wie hing das alles zusammen? Was hatte Schnucki MäcGaffin mit Gammlich und Kitty Glitter zu tun? Welche Abenteuer warteten in Humbug auf mich? Würde es mir gelingen, die Wette zu gewinnen und meine Detektei zu behalten? Was würde mein Bruder Magnus sagen, wenn ich plötzlich vor der Tür stand und bei ihm übernachten wollte? Würde er mich wieder nach Hause schicken? Und: Wie sollte ich meiner Großmutter erklären, dass ich einfach weggefahren war?

Energisch klappte ich meinen Notizblock zu. All das würde sich zeigen. Hauptsache, ich war endlich da, wo ich hingehörte: auf einer heißen Spur.

Kapitel 5 🐈

In dem ich Wiebke und Frau Jansen zum »Hotel am alten Klo« verfolge, eine Kniekehlenmassage bekomme und es im Hafenviertel blöken höre.

Auch in Humbug war es neblig, als unser Zug dort in den Bahnhof einfuhr. Gabriele von Kotzbach stand auf und zog ihren Mantel und ihre Handschuhe über. Selbstverständlich war ich ihr beim Aussteigen aus dem Waggon behilflich und reichte ihr die Hand. Sie lächelte. »Das ist sehr aufmerksam von dir, Harald.«

»Gerne. Ich komme dann also morgen um elf in die Agentur, ja?«

Ein kurzes Nicken. »Auf Wiedersehen, Harald.«

Mit zwei Fingern tippte ich einen Gruß an den Hut.

Schneller, als ihre hohen Schuhe das eigentlich erlaubten, stöckelte Gabriele von Kotzbach am Gleis entlang. Sie hatte ihr Handy hervorgeholt und telefonierte.

Frau Jansen und Wiebke entdeckte ich ganz vorne auf dem Bahnsteig. Rasch zog ich mir den Hut ins Gesicht und heftete mich ihnen in einigem Abstand an die Fersen. Das war gar nicht so einfach, denn Wiebke sah sich immer wieder suchend um, so als ahnte sie, dass ich ihnen folgte.

In der Bahnhofshalle stellten die beiden sich am Schalter der Touristen-Information an. Ich verbarg mich hinter einem Fahrkartenautomaten und behielt sie im Blick. Es dauerte ewig, bis sie endlich an der Reihe waren. Von dem Mann am Schalter erhielt Frau Jansen einige Unterlagen, dann verließ sie mit Wiebke das Gebäude. Möglichst unauffällig schlich ich ihnen nach. Sie liefen zielstrebig über den Bahnhofsvorplatz. Dort stand ein Mensch in einem schwarzen Katzenkostüm und verteilte golden glänzende Werbezettel. Die riesigen Katzenaugen blinkten rot – mal langsam, mal schnell. Wiebke und Frau Jansen gingen an der Riesenkatze vorbei und erhielten je einen Flyer von ihr. Auch ich streckte die Hand aus, als ich einen Moment später die Katze passierte. Doch bei meinem Anblick zog sie ihre Pfote mit den

Werbezetteln zurück, so als hätte ich eine ansteckende Krankheit.

Dann eben nicht, dachte ich und folgte weiter den Jansens. Sie überquerten eine befahrene Straße und bogen schließlich in eine belebte Fußgängerzone mit vielen Geschäften ein. Leute hasteten mit Tüten bepackt an mir vorbei. Bunte Leuchtreklamen glommen blass durch den Nebel und verliehen der Straße die Stimmung eines schlecht beleuchteten Aquariums. Besonders fiel mir eine Reklame ins Auge, die eine riesige Katzenfigur zeigte. Sie hielt eine glitzernde Dose in der Pfote und grinste glücklich. *Kitty Glitter lässt Katzenaugen leuchten* stand darunter.

Die Kotzbachs übertreiben es fast ein wenig mit der Werbung, dachte ich. Dann nahmen meine Ohren ein Geräusch wahr.

»Maunz!«

Im ersten Moment erschien es mir, als hätte die Katze aus der Leuchtreklame zu mir heruntermiaut. Doch das Maunzen kam mir seltsam bekannt vor.

»Maunz!«

Fräulein Karnelia sprang so plötzlich vor meine Füße, dass ich fast über sie gestolpert wäre. Es war nicht zu fassen. Sie musste mir in den Zug gefolgt sein!

Trotz dieser Überraschung galt mein erster Blick Frau Jansen und Wiebke: Hatten sie etwas gehört?

Nein, sie drehten sich nicht zu uns um.

Also schnappte ich mir die Katze und setzte die Verfolgung fort. Fräulein Karnelia miaute zwar ungnädig, ließ sich jedoch brav von mir tragen.

Durch die Ablenkung hätte ich beinahe übersehen, dass Frau Jansen und Wiebke an einem Wegweiser mit der Aufschrift *Zum Hafen* rechts abbogen. Mit der Katze auf dem Arm ging ich ihnen langsam nach, wartete einen Moment und spähte dann um die Ecke.

Die beiden liefen durch eine schmale Gasse, vorbei an bunt flackernden Schildern, auf denen *Hotel zur Kakerlake*, *Hotel Bruchbude* und *Hotel Schimmelpilz* stand.

Nein, das stand natürlich nicht darauf. Aber so abgeranzt, wie die dunklen Häuser und die kaputten Schilder wirkten, wäre das passend gewesen.

Schließlich blieben Wiebke und ihre Mutter vor einem Gebäude stehen, dessen grell leuchtendes Schild den Namen *Hotel am alten Klo* verkündete. Und *das* stand da wirklich! Ich konnte ein Lachen nicht unterdrücken. Fräulein Karnelia stimmte maunzend mit ein.

Frau Jansen sah sich misstrauisch um.

Schnell zog ich mich hinter eine Hausecke zurück.

»Das Miauen klang doch nach Fräulein Karnelia!«, hörte ich Frau Jansen sagen.

Als die Katze ihren Namen aufschnappte, maunzte sie noch

einmal laut. Ich hielt ihr das Maul zu, woraufhin sie mir in den Zeigefinger biss. Heldenhaft presste ich die Lippen aufeinander.

»Das ist wirklich Fräulein Karnelia!«, rief Frau Jansen.

»Nee, Mama, das kann doch genauso gut jede andere Katze gewesen sein«, sagte Wiebke. »Was soll denn Fräulein Karnelia hier in Humbug suchen?«

Frau Jansen schnaubte. »*Du* bist mir ja schließlich auch hinterhergeschlichen.«

Wiebke antwortete ihr, doch was, das konnte ich nicht mehr verstehen.

Etwas Hartes traf mich in den Kniekehlen. Meine Beine knickten ein, ich sackte zusammen, und mein Kopf machte unsanft die Bekanntschaft des Humbuger Kopfsteinpflasters. Die Welt um mich herum wurde schwarz.

Ich träumte von meiner Großmutter. Sie schimpfte und schimpfte und schimpfte: »Was hast du dir dabei gedacht? Wie kommt man nur auf so eine Idee?« Dazu maunzte Fräulein Karnelia anklagend. Ich hatte keine Ahnung, wovon meine Großmutter überhaupt sprach. »Das ist wirklich das Allerletzte!«, hörte ich sie im Traum keifen. »Das Allerletzte!«

»Was denn, Oma?«, fragte ich.

»Ich bin nicht deine Oma.«

Ich öffnete die Augen.

Es stimmte. Wer auch immer sich da gerade über mich

beugte, war definitiv nicht meine Oma. Dafür hatte diese Person zu dunkle Haare, zu grüne Augen und war circa fünfzig Jahre zu jung. Außerdem hätte meine Großmutter sich niemals so angezogen: Zu ihrem dunklen Anzug trug das Mädchen schwarze Lackschuhe, ein weißes Hemd und eine schwarze Fliege. Aus ihrer Brusttasche ragte ein rotes Einstecktuch. Die Haare hatte sie zu einem straffen Knoten hochgebunden. Sie lächelte spöttisch. Ihre grünen Augen schienen nur dafür gemacht zu sein, auf jemanden herabzuschauen.

Und dieser jemand war ich.

Ich wollte mich aufrichten, doch sie drückte mich mit dem Fuß zurück auf den Boden. Das gelang ihr natürlich nur, weil ich von dem Schlag und dem Aufprall noch sehr geschwächt war. Ich gab es vorerst auf und ließ mich zurücksinken, woraufhin sie ihren Fuß von mir herunternahm.

»Mein Name ist Dobbsen. Trix Dobbsen. Du darfst mich Trix nennen«, verkündete sie großzügig.

»Angenehm. Ich heiße Harald. Donnerschlag. Harald Donnerschlag.« Ich tastete nach meinem brummenden Kopf.

Da war: nichts.

Also: nicht komplett nichts, mein Kopf war schon noch da. Aber der Hut fehlte!

»Ist meinem Hut was passiert?«, fragte ich.

Trix Dobbsen ging nicht darauf ein. »Die Fragen stelle ich. Wo hast du die Katzen?«

Ich kombinierte gar nichts, was selten vorkommt. »Die Katze? Meinst du Fräulein Karnelia?«

Fräulein Karnelia maunzte und schmiegte sich an meine Hüfte. Sie schien ernsthaft besorgt um mich zu sein. Oder um die Dose Katzenfutter in meiner Manteltasche.

»Fräulein Karnelia? Heißt so dein aktuelles Opfer?«

»Opfer?«, fragte ich.

»Maunz?«, fragte Fräulein Karnelia.

»Entführungsopfer. Ich weiß, dass du der Katzenentführer bist. Los, steh auf, wir gehen zur Polizei. Und die Katze nehmen wir mit. Als Beweismittel.«

Trix griff sich Fräulein Karnelia und ließ sie gleich wieder fallen wie ein zu hoch temperiertes Knollengewächs. »Aua! Sie hat mich gebissen!«

Fräulein Karnelia kroch unter meinen Arm.

Mir schien es an der Zeit, einiges aufzuklären. »Ich bin kein Katzenentführer. Das ist die Katze meiner Großmutter.«

»Beweise?«

Ich dachte nach. »Sie trägt eine Katzenmarke. Darauf steht ihr Name: Fräulein Karnelia. Und unsere Telefonnummer: 8146.«

»Du lügst, so kurze Telefonnummern gibt's gar nicht!«

»Bei uns in Ruckelnsen schon.« Ich stand auf, schnappte mir Fräulein Karnelia und hielt sie Trix hin. »Sieh doch nach, wenn du mir nicht glaubst.«

Vorsichtig näherte Trix sich der Katze.

Fräulein Karnelia hob stolz den Kopf.

»Hm. Na gut, es stimmt. Aber das kannst du ja auch auf der Marke gelesen haben, als du die Katze entführt hast.«

Langsam wurde mir das Ganze zu dumm. Ich griff in meine Manteltasche und holte eine meiner Visitenkarten heraus. »Da. Ich bin kein Entführer. Ich bin Detektiv und stehe auf der Seite des Gesetzes.«

»Das kann jeder sagen.« Sie nahm mir die Karte aus der Hand und las. Dabei veränderte sich ihr Gesichtsausdruck so plötzlich, wie eine Ampel von Rot über Gelb auf Grün springt. Erst schaute sie skeptisch, dann stutzte sie, und schließlich grinste sie breit. Aus ihrer Jackentasche holte sie etwas hervor.

Eine Visitenkarte.

Ich setzte Fräulein Karnelia ab und warf einen Blick darauf. Die Karte war aus dickem schwarzem Papier. *Trix Dobbsen, Privatermittlerin* stand darauf in goldenen Buchstaben. *Gefahr ist mein Geschäft.*

Ich wusste nicht recht, wie ich das finden sollte. Eigentlich war Gefahr ja *mein* Geschäft. Ich steckte die Karte ein. »Gut. Wir sind also beide Ermittler. Hältst du mich jetzt immer noch für einen Katzenentführer?«

»Nur noch zu neunundvierzig Prozent. Wenn du es wirklich nicht bist, tut es mir leid, dass ich dich niedergeschlagen habe. Und auch das mit deinem Hut.«

»Mit meinem Hut?«

Trix bückte sich. »Du hast ihn verloren, als ich dir die Massagerolle in die Kniekehlen gehauen habe. Und dann bin ich aus Versehen draufgetreten.«

Sie gab mir meinen Hut. Er war platt wie eine Torte, die jemand als Fernsehsessel benutzt hat. Und schmutzig war er auch.

Ich versuchte, mich auf das Wesentliche zu konzentrieren. »Du hast mich mit einer Massagerolle niedergeschlagen?«

Trix bückte sich noch mal und griff nach etwas, das aussah wie ein pinkfarbenes Nudelholz aus Gummi, mit vielen kleinen Noppen daran. »Hab ich mir von meinem Vater geliehen, der benutzt das zur Auflockerung der Beinmuskulatur, gegen seine Knieschmerzen. Funktioniert auch andersherum.«

»Andersherum?« Vorsichtig versuchte ich, meinen Hut wieder auszubeulen.

»*Für* Knieschmerzen.«

Ich nickte anerkennend.

Trix steckte die Massagerolle ein. »Bist du etwa auch an dem Katzen-Fall dran?«

»Nee, ich bin bloß zwei Personen hierher gefolgt, die sich jetzt vermutlich im *Hotel am alten Klo* aufhalten.«

Trix lachte gurgelnd. »*Hotel am alten Klo*? Wo soll das denn sein?«

»Na, da!« Ich zeigte in die neblige Gasse.

Trix lachte noch mehr. »Das ist das *Hotel am alten Kloster*!«

Ich spürte, wie mir die Röte ins Gesicht stieg. »Hm. Da sind wohl einige Buchstaben der Leuchtreklame kaputt.«

»Gut kombiniert, Sherlock.«

Ich biss die Zähne zusammen, als läge mir eine beißende

Antwort auf der Zunge. Da lag aber gar keine. Also entspannte ich meinen Kiefer wieder.

»Und wer sind diese zwei Personen im *Hotel am alten Klo*?«, fragte Trix in dem beiläufigen Tonfall, den ich auch immer benutze, um Zeugen zu überrumpeln.

Selbstverständlich fiel ich nicht darauf herein. Ich setzte meinen ramponierten Hut auf. »Tut mir leid, das sind vertrauliche Informationen. Außerdem weiß ich gar nicht mit Sicherheit, ob sie in dieses Hotel hineingegangen sind. Ich wurde nämlich niedergeschlagen, weißt du?«

»Ich hab mich doch schon entschuldigt.«

»Die Spur ist jetzt trotzdem kalt«, sagte ich und wollte gehen.

Trix hielt mich am Mantel fest. »Warte, warte. Ich hab eine Idee, wie ich das wiedergutmachen kann. Ich finde für dich heraus, ob die beiden im *Hotel am alten Klo* sind. Wie heißen die Personen, die du beobachtest? Hast du den Nachnamen?«

»Jansen.«

»Okay. Komm einfach mit.«

Trix schlich die neblige Gasse entlang. Fräulein Karnelia und ich folgten ihr. Vor dem Schild *Hotel am alten Klo* blieb Trix stehen.

»Warte hier, ich bin gleich wieder da.«

»Aber was willst du denn …?«, fing ich an, doch Trix war schon in das Hotel gegangen.

Der Nebel strich in Fetzen um die Häuserecken. Er wurde immer dichter. Angestrengt spähte ich in alle Richtungen, ohne viel zu sehen. Das war eine dieser Situationen, in denen ein Detektiv etwas Unerwartetes erwarten sollte.

»Blök!«

Fräulein Karnelia und ich hielten den Atem an. Etwas *so* Unerwartetes hatte ich jetzt auch wieder nicht erwartet. War das wirklich ein Blöken gewesen, oder spielte mir meine Fantasie einen Streich?

Ein gedämpftes Klappern drang an mein Ohr. Es klang wie Hufe auf Kopfsteinpflaster. Das musste Schnucki MäcGaffin sein!

»Warte hier, Fräulein Karnelia«, wies ich die Katze an und rannte los.

»Maunz!«, machte Fräulein Karnelia und kam mit.

Und da war noch ein Geräusch – dicht hinter mir.

Schritte!

Ich wagte es nicht, mich umzudrehen. Da ich mich mitten in einer großen Nebelschwade befand, hätte ich vermutlich ohnehin nichts erkennen können.

Das Galoppieren wurde schneller.

Die Schritte auch. Jemand keuchte. Ich glaubte, einen warmen Atem im Nacken zu spüren.

Renn, Harald!, feuerte ich mich selbst an, renn!

Aber ich kam nicht mehr weiter. Jemand hatte mich am

Mantel gepackt! Kurz entschlossen streifte ich ihn ab und griff mit beiden Händen hinter mich. Ich bekam den Kopf meines Gegners zu fassen und krallte mich mit aller Kraft in seinen Haaren fest.

Plötzlich traf mich etwas im Rücken und stieß mich nach vorne … und auf einmal hielt ich den Kopf meines Gegners in den Händen! Hatte ich ihn etwa geköpft? Panisch ließ ich los, geriet ins Stolpern und streckte die Arme aus, um den Aufprall auf das Straßenpflaster abzufangen.

Doch da war kein Pflaster.

Da war nur Luft.

Und eiskaltes Wasser.

🐈 Kapitel 6

In dem ich ein Bad nehme, die Pizza meiner Träume esse und alles über den Fall der verschwundenen Katzen erfahre.

Ich tauchte unter, schluckte Wasser, kam hoch, strampelte und prustete. Kurz konnte ich durchatmen, doch dann merkte ich, wie meine nasse Kleidung mich wieder nach unten zog. Panisch schlug ich um mich. Ich wollte nicht in diesem schmutzigen Hafenbecken ertrinken! Wenn schon ertrinken, dann bitte in einem schicken blauen Meer mit weißen Schaumkronen obendrauf. Mit aller Kraft versuchte ich, mich an der Wasseroberfläche zu halten. Und da fiel es mir ein: Um am Leben zu bleiben, musste ich den *toten Mann* markieren. Es blieb mir nichts anderes übrig, als dem Wasser zu vertrauen. Also breitete ich Arme und Beine weit aus und hielt ganz still. Einen Moment später spürte ich, wie das Wasser mich trug. Ich atmete auf.

»Rechts im Nebel können Sie das berühmte Humburger Hafenviertel erahnen«, sagte eine freundliche Stimme.

Eine Welle ergriff mich! Ganz in der Nähe schien ein Schiff vorbeizufahren. Wenn ich nicht schnell etwas unternahm, würde ich in sein Kielwasser geraten. Wie der Blitz drehte ich mich und kraulte gegen den Sog an. Währenddessen machte ich schon mal mein Testament. Doch bevor ich entscheiden konnte, wer meine Schreibmaschine erben sollte, klatschte etwas neben mir aufs Wasser. Ein Rettungsring! Mit einem kräftigen Schwimmzug erreichte ich ihn und hielt mich daran fest. Jetzt konnte ich mit den Füßen paddelnd abwarten, bis sich das Wasser beruhigt hatte. Dann schwamm ich zu einer der Leitern, die aus dem Hafenbecken führten. Gerade als ich daran hochklettern wollte, entdeckte ich ein seltsames Objekt, das im Wasser trieb. Es sah aus wie ein Kugelfisch mit Vollbart. Ich angelte danach. Dieses Ding wollte ich näher untersuchen. Also schleppte ich das Teil mit an Land.

»Alles in Ordnung? Hast du dir die Wartezeit mit einer Runde Schwimmen verkürzt?«, begrüßte mich Trix. Mein Mantel hing über ihrem Arm, und in den Händen hielt sie ihre Massagerolle und meinen Hut.

»Maunz!« Fräulein Karnelia stand neben ihr auf dem Kai und blickte mich verständnislos an.

»Ich wurde hier reingestoßen«, erklärte ich.

»Reingestoßen? Von wem denn?«

»Maunz?«

»Keine Ahnung. Danke für den Rettungsring, übrigens. Der kam genau im richtigen Moment.«

»Äh, ich hab dir keinen Rettungsring reingeworfen. Ich bin

gerade erst hier angekommen. Als ich aus dem *Hotel am alten Klo* raus bin und du weg warst, musste ich dich ja erst mal suchen.«

»Du hast den Ring nicht geworfen?« Das gab mir zu denken. Wer hatte mir dann geholfen?

Trix reichte mir Mantel und Hut und nahm sich dafür das seltsame Kugelfisch-Ding. »Zeig mal her, was ist das denn?«

»Eine Boje vielleicht?«

»Eine Boje? Nee, da ist Kunstfell dran. Und die roten Glitzerteile sollen wahrscheinlich Augen darstellen. Das scheint der Kopf von einem Kostüm zu sein. Genauer gesagt: ein Katzenkopf.« Trix kippte einen Schwall Wasser aus dem Teil. »Wer hat den wohl hier verloren?«

»Das Schaf jedenfalls nicht«, murmelte ich, schüttelte meine Haare aus und setzte den Hut auf. Sofort fühlte ich mich besser.

Trix zupfte an ihrer Fliege. »Welches Schaf?« Der Katzenkopf in ihrer Hand starrte mich mit seinen großen roten Augen an.

Da dämmerte es mir: »Die Katze, die vorhin am Bahnhof stand. *Die* hat so eine Maske getragen!«

»Hä? Eine Katze mit Katzenmaske?«

»Nein. Eine Person im Katzenkostüm, die Flyer verteilt hat und …«

»*Diese* hier vielleicht?« Trix drückte mir den Katzenkopf

in die Hand und holte einen Stapel golden glänzender Werbezettel hervor. Sie waren schmutzig und nass. »Die lagen auf der Strecke vom Hotel bis zum Hafenbecken einer nach dem anderen auf dem Boden und haben mir so den Weg hierher gewiesen. Wie bei Hänsel und Gretel die Brotkrumen.«

Unter meinem Hut kombinierte es wie verrückt: »Der Mensch im Katzenkostüm muss mir gefolgt sein. Und als er mir durchs Hafenviertel hinterhergerannt ist, hat er nach und nach die Flyer verloren. Im Kampf habe ich ihm den Kopf heruntergerissen. Und dann hat er mich ins Hafenbecken gestoßen.«

»Und dir einen Rettungsring hinterhergeworfen?«, fragte Trix. »Hm. Unwahrscheinlich. Warum sollte er dich dann zuerst reinschubsen?« Sie kaute ausgiebig an ihrem Daumennagel. »Na ja, vielleicht wollte er dich nur für den Moment ausschalten und nicht endgültig. Auf den Flyern wird übrigens Werbung für eine Werksführung beim Fleischverarbeitungsbetrieb Gammlich gemacht. Sagt dir das was?«

Plötzlich wurde mir in meiner triefenden Kleidung sehr kalt. Ich fing an zu zittern wie ein Aal, der zu tief in die Steckdose gefasst hat. »Hatschi!« Ich zog den Mantel über.

Als wäre ich noch nicht nass genug, fing es an zu nieseln.

Trix holte zwei kleine schwarze Kugeln aus der Tasche und drückte darauf. Sie sprangen auf – es handelte sich um Regenschirme! »Hier, nimm. Sonst wirst du noch nässer. Falls das überhaupt möglich ist.«

»Da-da-da-danke.« Fräulein Karnelia war mit einem Satz bei mir unter dem Schirmdach. Meine Zähne schlugen aufeinander.

»Du bist ja total unterkühlt«, sagte Trix. Sie klang richtig besorgt. »Am besten, du kommst erst mal mit zu mir. Da kannst du dich aufwärmen und was Trockenes anziehen. Ist nicht weit von hier.«

Ich nickte zähneklappernd. Es war sicher gut, nicht sofort zu Magnus zu gehen. Wenn ich tropfnass bei ihm vor der Tür stand, würde er sich noch mehr über meinen Besuch wundern als ohnehin schon.

Mit dem Schirm in der einen und dem Katzenkopf in der anderen Hand folgte ich Trix. Fräulein Karnelia hielt sich dicht bei mir.

»Warum bist du denn überhaupt zum Hafenbecken gelaufen?«, fragte Trix mich unterwegs.

»Ich da-da-da-dachte, ich hätte jemanden ge-ge-gehört, den ich ke-ke-ke-kenne, und bin hinterhe-he-he-her.«

»Und wen, glaubst du, gehört zu haben? Das Schaf, von dem du gerade gesprochen hast? Sind die Leute im *Hotel am alten Klo* in die Sache verwickelt?«

»Je-je-je-ja, ne-ne-ne-nein … ach, ist ega-ga-gal.« Ich winkte ab.

Trix presste die Lippen zusammen. »Na gut. Dann verrat's mir halt nicht. Dafür verrate ich dir was: Diese Jansens übernachten wirklich im *Hotel am alten Klo*.«

»Echt? Wie h-ha-ha-hatschi hast du das rausgefu-fu-fu-funden?«

»Ich hab dem Mann an der Rezeption gesagt, dass ich den Jansens etwas von meiner Mutter ausrichten soll. Er hat die Nachricht angenommen. Also wohnen sie dort.«

»Hm. Ni-ni-ni-nicht schlecht.« Ich versuchte, nicht zu begeistert zu klingen, aber in Gedanken notierte ich mir diesen Trick. »Und wa-wa-wa-was für eine Nachricht ha-ha-hast du ihnen hinterla-la-la-lassen?«

Trix' Grinsen wurde so breit wie ein Zebrastreifen. »Dass sie morgen um dreizehn Uhr am Brunnen vor dem Rathaus sein sollen.«

»Hä, warum da-da-da-das denn?«

Fräulein Karnelia stupste mich mit dem Kopf an und maunzte irritiert. Ihr schien das auch nicht einzuleuchten. Oder aber sie fand, dass ich ihr nicht genug Platz unter dem Regenschirm ließ.

»Na, falls die echt dahin kommen, können wir gleich die Verfolgung aufnehmen. Ist doch super, oder? Dann müssen wir ihnen morgen nicht den ganzen Tag vor dem *Hotel am alten Klo* auflauern.«

»Wi-wi-wi-wir?«

Trix haute mir auf die Schulter, zum Glück mit der Hand und nicht mit der Massagerolle. »Ich schlage vor, wir arbeiten zusammen. Natürlich bleibt mein Fall immer noch mein Fall und dein Fall nach wie vor dein Fall, aber wir kümmern uns gemeinsam um beide. Dafür müsstest du mir logischerweise verraten, worum es bei dir geht. Und die Belohnung für die Aufklärung des Katzen-Falls teilen wir. Es handelt sich um eine ziemlich hohe Summe.«

»Belo-lo-lo-lohnung?« Ich presste die Zähne fest aufeinander, doch sie klapperten weiter.

»Die hat der Verein *Katzenfreunde e. V.* für die Auffindung der verschwundenen Katzen ausgesetzt.« Trix blieb stehen und hielt mir ihre Hand hin. »Bist du dabei?«

Ich zögerte. Und das nicht nur, weil ich mit dem Katzen-kopf und dem Schirm bepackt war und keine Hand frei hatte, um einzuschlagen. Ich war nun mal der geborene Einzelgän-ger. Andererseits kannte ich mich in der Stadt nicht aus, und Trix schien einige gute Kniffe auf Lager zu haben. Doch eine Zusammenarbeit hätte gegen meine Detektiv-Regeln versto-ßen.

»Da-da-da-danke für das Angebo-bo-bo-bot«, sagte ich. »Aber meine Detek-tek-tek-tiv-Regel Nummer 11 lautet: *Ermi-mi-mi-mittle stets a-la-la-la-llein.*«

Trix zuckte mit den Achseln. »Gut. Wie du meinst.«

Mein Magen knurrte hörbar.

Trix lachte. »Habt ihr Lust auf eine Pizza und eine Portion Katzenfutter? Oder verstößt das auch gegen eine von deinen Detektiv-Regeln?«

»Ga-ga-ga-ganz im Ge-ge-ge-gegenteil. Meine Re-Re-Re-Regel Nummer 12 besagt: *Pi-Pi-Pi-Pizza fö-fö-fö-fördert die Kombinationsga-ga-ga-gabe.*«

Trix wohnte in einer riesigen alten Villa mitten in der Stadt. Auf unser Klingeln öffnete ein Butler die Tür. Er sah in seinem schwarzen Pinguin-Anzug genauso aus, wie man sich einen Butler vorstellt. Sogar weiße Handschuhe hatte er an. Ich fand das etwas übertrieben. Allerdings sah ich ja selbst genauso aus, wie man sich einen Detektiv vorstellt. Also konnte ich mich schlecht über den Klischee-Butler beschweren.

»Göten Tög, Beatrix«, flötete der Butler. Er stand so steif, als hätte er zum Mittagessen einen Stock mit Soße verspeist.

Trix überreichte dem Butler ihren Regenschirm und die Massagerolle. »Hallo, Ortlieb. Das sind Harald und Fräulein Karnelia.«

»Ahö.« Der Butler sah die Katze und mich an, als wären wir zwei Kakerlaken auf Weltreise. Zum Glück schien er gerade kein Insektenspray zur Hand zu haben.

»Göten Tö-Tö-Tö-Tög«, sagte ich so würdevoll wie möglich.

»Mönz«, machte Fräulein Karnelia.

Der Butler verbeugte sich leicht. »Söhr un..., äh, angenöhm.«

Fräulein Karnelia und ich folgten Trix und Ortlieb in eine prunkvolle Eingangshalle. Von der Decke baumelte ein riesiger Kronleuchter. Passend dazu stand neben dem Eingang ein Schirmständer aus Kristall. Eine breit geschwungene Treppe führte nach oben. Der weiße Marmorboden war so blank poliert, dass ich mich darin spiegelte. Ich sah wirklich gut aus. Und wirklich nass. Den tropfenden Schirm stopfte ich in den Ständer. Den Katzenkopf behielt ich in der Hand.

»ÖHÖM!« Blitzschnell zog Ortlieb den Schirm wieder heraus. »Die Kristallvöse!« Empört schüttelte er den Kopf.

»Ups. 'tschöldigö-gö-gö-göng.«

Ortlieb schnaubte verächtlich.

Trix lachte. »Geben Sie Harald bitte etwas Trockenes zum Anziehen, Ortlieb. Und würden Sie so nett sein, uns eine Pizza zu bestellen? Für mich mit Pilzen. Und für dich, Harald?«

»Hawa-wa-wa-waii ohne Schi-Schi-Schi-Schinken. Und mit Oli-li-li-liven. Und mi-mi-mi-mit extra Zwieb-be-bebeln.«

»Mönz!«

»Und eine Portion Katzenfutter bitte«, ergänzte Trix.

Fräulein Karnelia miaute zustimmend.

»Aber gerne döch.« Der Butler winkte mir mit der Massagerolle, ihm zu folgen. Ich göng hinterhör. Äh, Quatsch: Ich ging hinterher. Er führte mich in eine Waschküche, in der drei Waschmaschinen und zwei Trockner standen. Schon bei ihrem Anblick wurde mir wärmer. Quer durch den Raum verlief eine Wäscheleine. Ortlieb wühlte lange in einem Schrank. Schließlich legte er mir etwas hin: einen rosafarbenen Jogginganzug mit einem Muster aus violetten Herzchen.

»Bitte schö-hö-hö-hön!« Es war ihm deutlich anzusehen, dass er sich innerlich kaputtlachte.

»Dönke schön.« Meine Detektiv-Regel-Nummer 2 befolgend, nahm ich mir den Jogginganzug, ohne mit der Wimper zu zucken.

Er zeigte auf die Waschmaschine. »Die nösse Kleidöng bitte dö rein.«

»Und wo kann ich den trocknen?« Ich hielt ihm den tropfenden Katzenkopf hin. »Das ist ein wichtiges Beweismittel.«

»Ahö.« Ortlieb steckte den Kopf an den beiden Ohren mit je einer Wäscheklammer an der Leine fest. »Bötte schön.« Damit ging er.

Kitty Glitters Kopf schaukelte an der Wäscheleine und schien mich aus großen roten Augen anzustarren. Natürlich war mir klar, dass dieses Ding nur aus Plastik und Kunstfell bestand – dennoch fühlte ich mich beobachtet. Schnell drehte ich mich um, zog meine nassen Klamotten aus und stieg in den Jogginganzug. Leider war auch mein Mantel etwas feucht geworden. Also holte ich meinen Notizblock und mein Mobiltelefon heraus und brachte beides in der Bauchtasche des Jogginganzugs unter. Dann hängte ich den Mantel auf die Leine. Gerade wollte ich die Waschküche verlassen, da fiel es mir auf: Die Dose Katzenfutter fehlte! Panisch wühlte ich die Taschen des Mantels durch. Doch es blieb dabei: Die Dose Kitty Glitter war weg. Ich blätterte den Notizblock durch. Die Zeitungsseite vom Misthaufen fehlte auch!

Ich rannte zurück in die Eingangshalle und teilte Trix meine Entdeckung mit.

Sie zupfte nachdenklich an ihrer Fliege. »Hm. Ich vermute, dass dein Mantel einige Momente unbewacht am Rand des Hafenbeckens lag. Wahrscheinlich hat dein Verfolger die Gelegenheit genutzt.«

»Jetzt sind entscheidende Beweismittel futsch!«

»Tja«, sagte Trix, »da können wir jetzt nichts dran ändern. Dann lasst uns mal hochgehen.«

Fräulein Karnelia und ich stiegen hinter ihr die geschwungene Treppe hinauf. Ich trampelte vor Ärger laut die Stufen hoch.

»Ich bitte öm etwös mehr Röhe«, sagte Trix.

Ich musste lachen.

Trix grinste.

»Sind deine Eltern gar nicht da?«, fragte ich.

Sie schüttelte den Kopf. »Die sind im Urlaub auf den Malediven.«

»Ohne dich?«

»Ich wollte hierbleiben, wegen dem Fall, an dem ich dran bin.«

»Und das haben sie erlaubt?«

Trix zuckte mit den Achseln. »Solange in der Schule alles läuft und ich nicht in Schwierigkeiten gerate, ist ihnen eigentlich ziemlich egal, was ich mache. So, da sind wir.«

Oben blieb sie vor einer Tür stehen, die von außen dick gepolstert war. Trix hielt ihren Daumen an ein kleines Display daneben. Summend ging die Tür auf.

Das Zimmer dahinter hatte ungefähr die Größe unserer Bahnhofshalle zu Hause in Ruckelnsen. Der grüne Teppichboden war so hoch wie das Gras auf dem Deich, wenn die Schafe keinen Appetit haben. Vor dem Fenster war eine Reihe gepolsterter Kinosessel aufgestellt, sodass man die Aussicht genießen konnte wie einen Kinofilm. Ich ließ mich auf einen der Sitze fallen und schaute raus. Der Himmel war wolkenverhangen. Unruhige rote Lichtstrahlen wanderten darüber – sie stammten von den leuchtenden Augen der Kitty-Glitter-Statue auf dem Gammlich-Gelände, wie ich inzwischen wusste.

Trix ging an mir vorbei und setzte sich an den schwarz glänzenden Konzertflügel am anderen Ende des Raums. Sie fing an zu spielen. Es war eine unheimliche Melodie voller dunkler Töne, aufregend und schön.

»Schau dich ruhig um!«, rief Trix.

Zu den Klavierklängen besichtigte ich alles. Neben der Tür hing eine große weiße Tafel, die in bunten Farben beschrieben war. Es schienen Notizen zu Trix' aktuellem Fall zu sein. Darunter war eine kleine Klappe in die Wand eingelassen – wahrscheinlich eine Katzenklappe. Ich sah mich weiter um. In der Mitte des Zimmers thronte ein gewaltiger Schreibtisch, mit einem riesigen Computerbildschirm darauf. Außerdem gab es eine stählerne Werkbank, die mit allem möglichen Kram übersät war. Ich griff in den Krempel und bekam einen golden glänzenden Kugelschreiber zu fassen. *T. D.* war darauf eingraviert. Als ich die Kappe abziehen wollte, verstummte plötzlich die Musik.

»Nicht«, schrie Trix, »das ist mein Juckpulver-Gewehr!« Sie sprang auf und rannte zu mir.

Schnell legte ich den Stift zurück. »Das ist ein Gewehr?«

»Falls ich in eine Situation komme, in der ich jemanden außer Gefecht setzen muss. Auf Knopfdruck schießt vorne eine Kapsel mit einem hoch konzentrierten Juckpulver heraus. Wenn sie auf der Haut des Gegners zerplatzt, ist der für eine ganze Weile damit beschäftigt, sich zu kratzen.«

»Aha. Ist ja richtig nett von dir, dass du vorhin die Massagerolle benutzt hast und nicht dieses Teil.«

»Du hast nicht so gefährlich gewirkt«, erklärte Trix.

Ich beschloss, das als Kompliment zu verstehen. »Und was

ist das hier?« Ich zeigte auf ein kleines rundes Ding, das aussah wie ein Chip für den Einkaufswagen. »Eine Stinkbombe vielleicht?«

»Quatsch, das ist ein Bluetooth-Tracker. Gut geeignet, um Menschen unauffällig zu folgen. Ihre Bewegungen werden auf mein Handy übertragen. Die Stinkbombe hältst du dir gerade an die Nase.«

Erschrocken ließ ich die künstliche Blume fallen, an der ich geschnuppert hatte.

Trix lachte. »War ein Scherz.« Sie hob die Blume auf. »Das ist eine Kamera. Damit kann man unauffällig aus dem Knopfloch fotografieren oder filmen. Wenn man sie richtig einstellt, erzeugt sie auch gute Bilder im Dunkeln. Das ist wichtig für Einsätze in der Nacht. Die Fotos schickt mir die Blume automatisch per E-Mail.«

Ich warf einen abschätzigen Blick auf das Ding. »Ja, ist ganz nett, der Kram. Aber ein guter Detektiv braucht nichts weiter als einen Hut, einen scharfen Verstand, ein mutiges Herz und zwei stahlharte Fäuste. Alles andere ist Dekoration.«

»Wie du meinst.« Sie wies auf einen roten Sessel, der vor dem Schreibtisch stand. »Mach's dir bequem.«

Ich schüttelte den Kopf. »Auf dieser Seite des Schreibtischs sitzt der Klient. Ich bin aber nicht dein Klient.«

Trix nahm den Sessel, trug ihn um den Schreibtisch herum und stellte ihn neben ihren Bürostuhl. »Zufrieden?«

Ich nickte.

Trix ließ sich nieder und legte die Füße auf den Tisch. Ich tat es ihr nach.

Fräulein Karnelia sprang auf den Schreibtisch, kuschelte sich auf die Computertastatur und schnurrte.

Ich sah zu der weißen Tafel mit den Notizen hinüber. Mehrere Katzen-Suchanzeigen hingen daran, mit Fotos von getigerten, gescheckten und einfarbigen Katzengesichtern.

»Und die Katzen sind wirklich alle entführt worden?«, fragte ich.

Trix kaute an ihrem Daumennagel. »Erzählst du mir dann auch von deinem Fall?«

So richtig begeistert war ich nicht von der Idee, Trix einzuweihen. Andererseits wurde ich langsam wirklich neugierig auf die Sache mit den Katzen. Also nickte ich.

»Okay.« Trix holte ein Foto aus der Schreibtischschublade. Es zeigte eine weiße Perserkatze mit grünen Augen. »Das Ganze fing damit an, dass vor einer Woche meine eigene Katze verschwunden ist, Miss Moneypenny. Sie war plötzlich weg. Meine Eltern meinten, sie wäre abgehauen, aber warum sollte sie das tun? Sie hat hier alles: einen riesigen Kratzbaum, ein superweiches Katzenkissen und so viel Kitty-Glitter-Futter, wie sie möchte.«

Fräulein Karnelia schnurrte lauter.

Trix sah auf einmal sehr traurig aus. »Außerdem glaube

ich einfach nicht, dass Moneypenny mich freiwillig verlassen würde.«

»Hm. Und was ist mit eurem Butler? Er scheint Katzen nicht zu mögen. Vielleicht ist Miss Moneypenny deshalb abgehauen.«

»Wie kommst du darauf?«

»Hast du nicht gesehen, wie Ortlieb Fräulein Karnelia gemustert hat? Der hätte sie am liebsten mit einem Fußtritt zurück auf die Straße befördert.«

Fräulein Karnelia nickte vorwurfsvoll. Oder vielleicht putzte sie sich auch bloß das Fell.

Trix strich der Katze über den Rücken. »Unsinn, Ortlieb ist zurzeit nur ein bisschen komisch. Er verlegt auch ständig was: Löffel, Gabeln … sogar eine Rolle Aluminiumfolie ist ihm in der Küche abhandengekommen.«

Der Computerbildschirm leuchtete auf. Wie aufs Stichwort war der Butler darauf zu sehen.

Trix drückte auf einen Knopf unter dem Schreibtisch, und die Tür ging summend auf. Ortlieb schob einen Servierwagen ins Zimmer, auf dem der schwarze Katzenkopf aus dem Hafenbecken thronte wie ein Spanferkel. Daneben lagen zwei riesige Pizzakartons und ein kleiner silberner Teller mit Katzenfutter. Die braune Masse hatte der Butler mit einem Sträußchen Petersilie garniert. Fräulein Karnelia sprang erfreut vom Schreibtisch und strich Ortlieb um die Beine.

»Ksch, ksch.« Er versuchte, sie mit einer großen weißen Stoffserviette wegzuscheuchen, aber Fräulein Karnelia ließ sich nicht davon beeindrucken.

»Dös Beweismittel ist tröcken. Ich höbe mit dem Föhn nöchgehölfen.«

»Danke, Ortlieb«, sagte Trix.

Der Butler stellte den Teller mit dem Katzenfutter auf den Boden und verzog dabei das Gesicht. »Es riecht hier gönz förchterlich nöch nösser Kötze.« Schnell ging er zum Fenster und öffnete es. Ein kalter Luftzug wehte herein. Aber die frische Luft war tatsächlich ganz angenehm. Dann wünschte Ortlieb »Göten Appetöt« und ließ uns allein.

Während wir alle drei zufrieden mampften, erzählte Trix mir mehr über ihren Fall.

»Als Miss Moneypenny verschwunden ist, habe ich überall in der Stadt Zettel mit ihrem Foto aufgehängt. Aber niemand scheint sie gesehen zu haben.« Trix kaute. »Und dann tauchten auf einmal immer mehr Katzen-Suchanzeigen auf. Es verschwinden neuerdings wirklich jede Menge Katzen – das kann doch kein Zufall sein. Sogar das Fernsehen berichtet inzwischen darüber.«

»Und wie gehst du bei deinen Ermittlungen vor?«, fragte ich.

Trix nahm sich noch ein Stück Pizza. »Wie würdest du denn vorgehen?«

Es ärgerte mich, dass sie mich ausfragte wie in der Schule. Trotzdem fing mein Detektiv-Hirn sofort an, diese Frage zu erörtern. »Auf den Suchanzeigen stehen ja wahrscheinlich Telefonnummern, oder?«

Trix nickte.

»Dann würde ich bei den Leuten anrufen, sie befragen und nach Gemeinsamkeiten zwischen ihnen suchen.«

»Genau das habe ich getan.«

»Und?«

Trix schmatzte. »Allen ist eine Katze weggelaufen.«

»Das ist ja offensichtlich«, wandte ich ein.

»Aber auch das Offensichtliche darf man nicht aus den Augen verlieren.«

Ich nickte anerkennend. Das hätte eine Detektiv-Regel von mir sein können. Ich beschloss, sie in mein Regelwerk aufzunehmen.

»Darüber hinaus konnte ich keine Gemeinsamkeiten feststellen. Moment, ich zeig's dir.« Trix leckte sich die Finger ab und tippte in die Tastatur.

Auf dem Bildschirm erschien ein Stadtplan von Humbug, der mit zahlreichen bunten Punkten markiert war.

»Die blauen Punkte stehen für die Katzen, die an einem Montag abhandengekommen sind. Die roten für Verschwinden am Dienstag. Und die grünen symbolisieren die Katzen, die an einem Mittwoch nicht mehr nach Hause zurückkehrten. Gelb steht für Donnerstag, Pink für Freitag, Türkis für Samstag und Violett für Sonntag.«

»Hm.« Ich ließ die Augen über den Stadtplan gleiten. Die bunten Punkte waren sehr gleichmäßig über die ganze Stadt verteilt.

Trix seufzte. »Wie du siehst: kein Muster. Der Entführer nimmt sich nicht an einem Tag eine Straße vor oder so. Die Auswertung nach Tagen hat absolut nichts ergeben.«

Ich zeigte auf die Punkte. »Außer, dass der Entführer es am Sonnabend und am Sonntag etwas ruhiger angehen lässt. Zu diesen Zeiten verschwinden deutlich weniger Katzen.«

Trix schaute auf den Bildschirm. »Stimmt. Was schließt du daraus?«

»Dass dem Täter seine Freizeit wichtig ist? Keine Ahnung, ist erst mal nur eine Beobachtung.«

Trix nickte und schob Fräulein Karnelia zur Seite, die es sich nach ihrem Mahl wieder auf der Tastatur gemütlich gemacht hatte. Dann drückte Trix ein paar Tasten, und die Punkte auf dem Stadtplan sortierten sich neu.

»Das ist die Verteilung nach Katzenrassen.« Auch jetzt waren die Punkte wild über die Stadt verstreut. »Dabei ist genauso wenig rausgekommen.«

Trix tippte erneut in die Tastatur, und die Punkte wanderten. »Auswertung nach Beruf der Besitzer«, sie drückte eine andere Taste, »nach Geschlecht der Besitzer. Hat alles nichts gebracht.« Sie schnappte sich Fräulein Karnelia und setzte sie zurück auf die Tastatur. »Es scheint keinerlei System dahinterzustecken. Und Lösegeldforderungen gibt es auch nicht.«

»Vielleicht verkauft der Entführer die Katzen«, schlug ich vor. »Da erspart er sich den Ärger mit der Lösegeldübergabe.«

Trix schüttelte den Kopf. »Dann kennt er sich nicht sehr gut aus, denn es sind kaum Rassekatzen darunter. Die meisten sind vollkommen wertlos.«

Fräulein Karnelia maunzte.

»Entschuldige, Fräulein Karnelia. Natürlich sind sie nicht wertlos. Was ich meinte, war, dass man kein Geld für sie bekommt.«

Ich leckte meine Finger ab. Die Pizza schmeckte vorzüglich.

»So. Und jetzt erzähl von deinem Fall«, sagte Trix.

Um Zeit zu gewinnen, nahm ich noch ein Stück. Sollte ich Trix wirklich einweihen? Aber immerhin hatte sie mir auch vertraut. »Es geht um ein entlaufenes Schaf.«

Dann erzählte ich ihr von Schnucki MäcGaffin, meinen Ermittlungen bei den Jansens, dem verschwundenen Ring von Frau Aus dem Moore, der Wette mit meiner Großmutter, dem Gespräch mit Wiebke auf der Zugtoilette, meiner Begegnung mit Gabriele von Kotzbach und dem Blöken im Hafenviertel.

»Hm«, sagte Trix. »Deshalb bist du vorhin also zum Hafenbecken gelaufen. Und dann wurdest du hineingestoßen. Sag mal, hast du Gabriele von Kotzbach eigentlich von deinen Ermittlungen erzählt?«

»Nein, das nicht. Aber …« Ich erschrak. »Im Zug habe ich meine Notizen aktualisiert. Da könnte sie unauffällig mitgelesen haben. Sie saß ja direkt neben mir.«

»Aha. Das heißt: Wenn sie in die Sache verwickelt ist, hat sie dir vielleicht eine Komplizin oder einen Komplizen im Katzenkostüm auf den Hals gehetzt, damit du das Schaf nicht vor ihr erwischst. Oder sie hat sich sogar schnell selbst verkleidet.«

Ich dachte an mein Gespräch mit Gabriele von Kotzbach. Natürlich: Jeder war verdächtig. Aber ich konnte mir einfach nicht vorstellen, dass sie so etwas tat. Sie war so nett gewesen.

»Ob Gabriele von Kotzbach überhaupt mit alldem etwas zu tun hat, wissen wir nicht mit Sicherheit«, stellte ich fest. »Das ist vorerst nichts als eine Hypothese. Welches Interesse sollte sie an dem Schaf haben?«

»Möglicherweise handelt sie im Auftrag von Gustav Gammlich«, schlug Trix vor. »Ihre Agentur macht schließlich auch die Werbung für sein Katzenfutter. Vielleicht ist Gammlich so scharf auf Schnucki, dass er es entführt und auf seinem Gelände eingesperrt hat. Das Schaf konnte entkommen, und jetzt jagt er es. Oder lässt es jagen.«

»In die Richtung habe ich auch schon überlegt. Aber warum braucht Gammlich gerade dieses Schaf, wo er doch eine ganze Herde haben kann? Das macht keinen Sinn. Außerdem streitet er in dem Zeitungsartikel doch ganz klar ab, dass Schnucki was mit seinem Betrieb zu tun hat.«

»Macht ihn das nicht gerade verdächtig?«, gab Trix zu bedenken.

»Hm. Vielleicht.« Ich lehnte mich weit zurück und zog mir den Hut tief ins Gesicht.

»Hä? Schläfst du jetzt eine Runde, oder was?«, fragte Trix.

»Nein, ich kombiniere. Das geht so am besten.«

Trix lachte. »Na gut, während du ›kombinierst‹, untersuche ich mal den Katzenkopf. Fingerabdrücke werden sich wohl nicht feststellen lassen, das Ding ist ja im Hafenbecken geschwommen. Aber vielleicht fällt mir sonst etwas auf.«

Den Geräuschen nach zu urteilen, nahm Trix den Kopf sehr genau unter die Lupe. Fast hatte ich Sorge, dass sie ihn kaputt machen würde. »Kannst gucken!«, rief sie schließlich. Ihre Stimme klang seltsam dumpf.

Ich schob meinen Hut zurück. Vor mir stand eine grinsende Kitty Glitter mit rot leuchtenden Augen. Ich kombinierte: Trix hatte sich den Katzenkopf aufgesetzt.

»Interessant«, sagte sie. »Auf Höhe der Schnurrhaare sind Gucklöcher. Dadurch kann ich alles ganz genau sehen. Und jetzt pass mal auf! Ich musste ein bisschen was reparieren, weil der Kopf ja nass geworden ist, aber nun müsste es gehen. Moment ...«

Plötzlich fingen die roten Augen an zu blinken. Abwechselnd schnell und langsam.

»Das kann ich von hier drinnen mit der Nase steuern, da ist so eine Art Schalter.«

»Echt, ein Nasenschalter?«, fragte ich.

Dann flog etwas zum Fenster hinein und knallte an Trix' Katzenkopf.

Kapitel 7

In dem mir mein Hut den Kopf rettet, Ortlieb eine Zeugenaussage macht und meine Großmutter und ich uns gegenseitig hereinlegen.

Dass die meisten Detektive mit Hüten auf dem Kopf herumlaufen, hat mehrere Gründe. Erstens sieht es einfach gut aus. Zweitens kann man sich den Hut ins Gesicht ziehen, um unerkannt zu bleiben oder ungestört zu kombinieren. Und drittens federt ein Hut Angriffe auf den Kopf des Detektivs ab.

An diesem Tag war die dritte Funktion besonders wichtig für mich. Denn das Ding, das durchs Fenster geflogen kam, prallte an Trix' riesigem Katzenkopf ab und fiel mir auf den Hut.

»Was war das?« Trix nahm den Plüschkopf ab.

»Irgendwas wurde durchs Fenster geworfen«, erklärte ich und suchte auf dem Boden nach dem Wurfgeschoss.

Trix lief ans Fenster. »Niemand zu sehen.« Sie rannte zur Zimmertür. »Ich schaue nach, ob ich den Täter noch erwische. Behalte du den Garten im Auge.«

Ich ging zum Fenster. Draußen regnete es mittlerweile in Strömen. Der Garten der Villa lag vollkommen ruhig. Ein paar

Laternen glommen vor sich hin. Plötzlich nahm ich hinter einer Hecke eine Bewegung wahr. Meine Ohren registrierten ein Rascheln. Und dann kroch eine dunkel gekleidete Gestalt hinter dem Busch hervor. Ich kniff die Augen zusammen. Ob das die Person im Katzenkostüm war, die mich im Hafenviertel verfolgt hatte?

»Ortlieb!«, rief Trix, die gerade in den Garten gelaufen kam.

Die Gestalt richtete sich auf. Und tatsächlich: Es handelte sich lediglich um den Butler. Trix sprach mit ihm und kehrte einen Moment später ins Zimmer zurück.

»Ich hab niemanden erwischt«, seufzte sie. »Ortlieb ist total durcheinander. Er glaubt gesehen zu haben, wie eine menschengroße Gestalt mit dunklem Fell einen Gegenstand auf unser Haus geschleudert hat.«

Mich fröstelte, und das lag nicht nur an dem kalten Wind, der durch das offene Fenster hereinwehte. »Eine Gestalt mit dunklem Fell? Mit oder ohne Katzenkopf?«

»Das konnte Ortlieb nicht erkennen. Trotzdem: Ich fürchte, die Riesenkatze ist uns hierher gefolgt, nachdem sie dich ins Wasser gestoßen hat. Wir hätten besser aufpassen sollen. Jetzt weiß die Person, wo ich wohne.« Trix schloss das Fenster.

In diesem Moment entdeckte ich das Wurfgeschoss. »Da, unter der Werkbank!« Ich kniete mich hin und holte es hervor. Das Ding war in Papier verpackt. Vorsichtig wickelte ich es aus. Dabei rasselte es leise.

»Hä?«, rief Trix. »Das ist eine Dose Kitty-Glitter-Katzenfutter!« Fräulein Karnelia miaute erfreut.

Ich untersuchte die Dose. Oben war eine kleine Einkerbung – die Stelle, an der ich zu Hause schon den Dosenöffner angesetzt hatte, als ich die Verfolgung von Frau Jansen aufnehmen musste. Ich teilte Trix meine Beobachtung mit.

»Interessant«, sagte Trix. »Also ist es die Dose, die am Hafenbecken aus deiner Manteltasche entwendet wurde. Übrigens benötigt man zum Aufmachen keinen Dosenöffner. Das Teil hat eine Lasche, die brauchst du einfach nur aufzuziehen. So.«

Fräulein Karnelia steckte ihre Nase in die Dose.

Trix scheuchte sie weg. »Ist leider tatsächlich bloß Katzenfutter drin«, stellte sie fest.

»Schade.« Ich strich das Papier glatt, in das die Dose eingewickelt gewesen war. »Moment mal«, rief ich, »das ist ja die Zeitungsseite aus meinem Notizblock!«

Quer über das Foto von Schnucki MäcGaffin hatte jemand etwas in roten Buchstaben gekritzelt: *Stell die Ermittlungen ein. Oder deiner kleinen Freundin geht es schlecht.*

»Oh nein! Die wollen dir was antun, Trix!«

»Spinnst du? Ich bin doch nicht deine kleine Freun…«

»Schon klar, schon klar.« Ich spürte, wie ich rot wurde. »Da habe ich wohl etwas vorschnell kombiniert.«

Fräulein Karnelia strich mir um die Beine. Mir kam ein

furchtbarer Gedanke. »Und wenn mit der *kleinen Freundin* Fräulein Karnelia gemeint ist?«

»Mönz!«, machte die Katze.

Trix sah mich an. »Das ist möglich. Willst du trotzdem weiterermitteln? Das scheint ein wirklich gefährlicher Fall zu sein.«

»Kein Problem. Gefahr ist schließlich …«

»… unser Geschäft.« Trix hielt mir ihre Hand hin. »Partner? Du brauchst dringend Unterstützung. Von mir aus können wir uns gerne erst mal um deinen Fall kümmern, ich stecke mit meinem sowieso gerade fest. Und falls wir danach auch den Katzen-Fall lösen, steht das Angebot mit der Belohnung. Halbe-halbe.«

Ich dachte nach. Trix wusste jetzt ohnehin schon alles über meinen Fall. Zusammen würden wir bestimmt mehr herausfinden als ich alleine. Außerdem musste ich ihr ja nicht blind vertrauen. Ich würde sie im Auge behalten.

»Okay. Partner.« Ich schlug ein.

»Super!«, rief Trix. »Ich hatte noch nie einen Assistenten.«

»Ich bin nicht dein Assis …«

»Scherz«, sagte Trix.

Bevor ich mich über diesen grandiosen Witz totlachen konnte, fiel mir etwas auf. »Gib mir noch mal die Zeitungsseite.«

»Hier.« Trix reichte sie mir.

Aus meinem Notizblock holte ich die Grußkarte heraus, die bei Jansens in dem Pappkarton mit dem Kitty-Glitter-Futter gelegen hatte. Ich verglich die Handschriften. Trix schaute mir über die Schulter. »Das sieht ja so aus, als ob …«

Ich nickte. »Die Karte und die Drohbotschaft wurden von ein und derselben Person geschrieben.«

»Gustav Gammlich«, sagte Trix.

Ich legte die beiden Beweismittel zurück in den Notizblock. »*Er* hat mir also die Drohung geschickt. Er will nicht, dass ich in Humbug ermittele. Aber woher weiß er überhaupt, dass ich hier auf der Spur des Schafs bin?«

»Von seiner Komplizin Gabriele von Kotzbach«, schlug Trix vor. »Vielleicht hat sie vorhin am Hafenbecken das Schaf erwischt, und die beiden wollen jetzt verhindern, dass du nach Schnucki suchst.«

Ein lautes Klingeln ertönte. Trix und ich zuckten zusammen, als stünde die Riesenkatze persönlich vor der Tür. Doch das Signal kam von meinem Mobiltelefon. Auf dem Display stand: *Oma Donnerschlag*. Ich zuckte gleich noch mal zusammen. Meine Großmutter hatte ich in all der Aufregung ganz vergessen. Sie musste längst festgestellt haben, dass ich nicht mehr zu Hause war und sich furchtbare Sorgen machen.

»Soll ich rausgehen?«, fragte Trix.

Ich überlegte kurz. »Nein. Partner haben nichts voreinander zu verbergen.«

Ich atmete einmal tief durch und nahm den Anruf an. »Hallo, Oma.«

»Harald, du, ich mach mir so furchtbare Sorgen!«

Das hatte ich befürchtet.

»Fräulein Karnelia ist verschwunden!«

»Fräulein Karnelia?«, echote ich, um Zeit zu gewinnen. Das Gespräch entwickelte sich etwas anders, als ich erwartet hatte. Meine Großmutter schien *mein* Fehlen noch gar nicht bemerkt zu haben.

»Sie ist zum Abendessen nicht nach Hause gekommen. Das passt doch überhaupt nicht zu ihr! Sicher hat sie sich verlaufen und findet nun nicht mehr zurück. Oder sie ist überfahren worden.« Ich hörte der Stimme meiner Großmutter an, dass sie ein Schluchzen unterdrückte.

Und in diesem Augenblick traf mich ein Geistesblitz, ein geradezu genialer Einfall. Ich musste die Fakten nur ein kleines bisschen anders anordnen, als es der Wirklichkeit entsprach. Mit beruhigend tiefer Stimme sprach ich weiter: »Kein Grund zur Panik, Oma. Fräulein Karnelia ist in Sicherheit. Ich habe zufällig im Bahnhof beobachtet, wie sie in einen Zug gestiegen ist, und bin schnell hinterher. Zum Glück habe ich sie noch erwischt. Blöderweise ist der Zug dann losgefahren, bevor wir wieder aussteigen konnten. Wir sind jetzt beide in Humbug.«

»Was? In Humbug? Ich denke, du sitzt im Keller!«

Statt zu antworten, hielt ich Fräulein Karnelia das Mobiltelefon hin.

»Mönz!«

»Fräulein Karnelia?«, rief meine Großmutter. »Wieso quatschst du denn so kariert?«

»Maunz!«

»Ah, jetzt klingst du ganz normal.«

Ich legte mir das Telefon wieder ans Ohr.

»Danke, Harald«, sagte meine Großmutter. »Das hast du gut gemacht. Was wollte Fräulein Karnelia nur in Humbug?«

»Vielleicht ist sie einfach aus Versehen in den Zug gestiegen«, schlug ich vor. »Sie ist ja sehr neugierig.«

»Ja, so muss es wohl gewesen sein. Sag mal, Harald?«

»Ja?«

»Wie kommt ihr denn jetzt zurück, du hast ja gar kein Geld für eine Fahrkarte dabei, oder?«

»Nee, Oma, ich dachte …«

»Ruf am besten Magnus an, der soll dich abholen. Und was hältst du davon, wenn du gleich den Rest der Woche bei ihm bleibst? Das wolltest du schließlich so gerne. Wo du jetzt schon mal in Humbug bist, kann Magnus doch nicht Nein sagen! Am Sonntag fährst du dann mit ihm zurück nach Hause.«

Ich war überrascht und freute mich. Meine Großmutter schlug genau das vor, was ich mir bereits überlegt hatte. Aber schon einen Moment später wurde mir klar, dass sie nicht ohne Grund so entgegenkommend war. Es lag auf der Hand: Sie wusste nicht, dass Schnucki MäcGaffin sich in Humbug aufhielt und meine Chancen, etwas über das Schaf herauszufinden, hier viel besser standen als in Ruckelnsen. Wahrscheinlich feierte sie innerlich längst den Gewinn der Wette.

»Viel Spaß in der Stadt«, sagte sie. »Pass gut auf Fräulein Karnelia auf. Und grüß Magnus von mir.«

Es tutete.

Ich musste lächeln. Meine Großmutter glaubte, mich reingelegt zu haben. Dabei war es genau umgekehrt.

Kapitel 8 🐈

In dem ich in einem rosafarbenen Himmelbett schlafe, Fräulein Karnelia Extremsport macht und Magnus mich nicht ausreden lässt.

Meine Detektiv-Regel Nummer 13 lautet: *Einem echten Detektiv ist nichts peinlich. Er tut, was die Ermittlungen erfordern, ohne Rücksicht auf sein persönliches Befinden.* Deshalb schämte ich mich auch kein bisschen, als ich am Abend dieses ereignisreichen Tages in einen rosafarbenen Jogginganzug gekleidet in einem rosafarbenen Himmelbett lag. Zugegeben, das hatte nicht wirklich etwas mit den Ermittlungen zu tun, sondern damit, dass Magnus nicht ans Telefon ging. Deshalb übernachteten Fräulein Karnelia und ich bei Trix. Zusammengerollt döste die Katze auf dem Kopfkissen neben mir. Für uns gab es wirklich keinen Grund zur Klage. Wir hatten ein eigenes Zimmer mit eigenem Bad und eigenem Katzenklo.

Trotzdem konnte ich nicht einschlafen. Ich stand auf und schaute aus dem Fenster. Es regnete noch immer. Und auch die Augen der Kitty-Glitter-Statue auf dem Gammlich-Gelände schickten ihre roten Lichtstrahlen nach wie vor in den Himmel.

Mein Blick fiel in den dunklen Garten. Bewegte sich dort etwas? Lauerte da noch der Dosenwerfer? Schnell schloss ich die Vorhänge und kroch zurück ins Bett.

Um mich von dem Gedanken an die unheimliche Riesenkatze abzulenken, ging ich unsere Pläne für den nächsten Tag durch. Da wir keine wirklich heiße Spur des Schafs hatten, mussten wir unsere Ermittlungen zunächst sehr breit anlegen. Um elf war ich in der Agentur *Kotzbach Kreativ* verabredet. Danach, um zwölf Uhr, wollten Trix und ich an der Werksbesichtigung bei Gammlich teilnehmen, für die der goldene Flyer warb. Vielleicht würde es uns gelingen, auf dem Gelände unauffällig nach Spuren von Schnucki MäcGaffin zu suchen. Um dreizehn Uhr mussten wir dann am Brunnen vor dem Rathaus sein, denn dorthin hatte Trix ja Wiebke und Frau Jansen bestellt. Ich glaubte nicht wirklich daran, dass sie kommen würden – aber falls doch, wollten wir vor Ort sein, um uns an ihre Fersen zu heften. Vielleicht konnten wir auf diese Weise herausfinden, was Frau Jansen in Humbug machte und ob sie etwas über Schnuckis Verbleib wusste.

Lange wälzte ich mich hin und her. Mein Kopf war zum Bersten voll mit Fragezeichen. Würde es mir gelingen, Schnucki MäcGaffins Verschwinden aufzuklären und die Wette zu gewinnen? Wer steckte in dem Katzenkostüm? Was hatten Gustav Gammlich und Gabriele von Kotzbach mit alldem zu tun? Schwebte Fräulein Karnelia in Gefahr?

Ich fand keine Ruhe.

Schließlich gab ich es auf und machte den riesigen Fernseher an. Ich schaltete durch die Kanäle. Überall liefen Krimis. Und Werbung natürlich. Fräulein Karnelia richtete sich auf und schaute zu. Es schien ihr besonders zu gefallen, wenn ich möglichst schnell durch die Programme zappte.

Irgendwann fielen mir die Augen zu.

Ich schlief tief und fest, ohne zu träumen.

Am nächsten Morgen erwachte ich von einem Höllenlärm: Polizeisirenen, Klirren, Kreischen, Miauen. Durch die angelehnte Tür fiel vom Flur ein schmaler Lichtstreifen ins Zimmer. Der Fernseher lief immer noch. Ich schnappte mir die Fernbedienung und schaltete ihn aus.

Die Polizeisirene verstummte.

Alles andere nicht!

Ich sprang aus dem Bett, setzte meinen Hut auf, stopfte Notizblock und Mobiltelefon in die Bauchtasche meines Jogginganzugs und rannte in die Richtung, aus der die Geräusche kamen. Schon vom oberen Absatz der Treppe aus sah ich, was los war: Fräulein Karnelia hatte sich an den Kronleuchter gekrallt und schaukelte in schwindelerregender Höhe wild daran hin und her. Unten stand der Butler, sprang auf und ab und versuchte, die Katze mit einem Besen vom Kronleuchter zu verscheuchen. Ich weiß nicht, wer lauter kreischte: Ortlieb oder

Fräulein Karnelia. Obwohl sie normalerweise nicht ängstlich war, wirkte die Katze panisch. Ich konnte sie verstehen. Die Eingangshalle lag unter ihr wie ein Abgrund.

»Was ist denn los?« Trix tapste aus ihrem Schlafzimmer, rieb sich die Augen und sah sich um. »Oh nein!« Sie rannte die Treppe hinunter. Ich folgte ihr.

»Ortlieb«, rief Trix, »hören Sie sofort auf, nach der Katze zu schlagen!«

Fräulein Karnelia miaute. Es klang wie: »Genau!«

»Öber sie will nicht herönterkömmen!« Der Butler schlug noch wilder nach Fräulein Karnelia. Zum Glück hing der Kronleuchter so hoch, dass er sie nicht erreichte.

»Hören Sie sofort auf, Ortlieb!«, rief Trix noch einmal.

Der Butler ließ den Besen sinken. »Dös Vöh reißt noch den Leuchtör vön der Deckö!«

Wie zur Bestätigung ertönte ein Klirren von oben. Der Kronleuchter knarzte bedrohlich. Fräulein Karnelia maunzte.

»Kein Problem, wir kümmern uns darum.« Trix nahm dem Butler den Besen aus der Hand.

Ortlieb strich seinen Anzug glatt. »Dönn deckö ich jetzt den Fröhstöckstisch. Ich wönsche viel Erfölg.«

»Ja, danke, den werden wir haben.«

»Sicherlöch.« Der Butler ging hinaus.

Trix kaute an ihrem Daumennagel. »Wie kriegen wir Fräulein Karnelia da bloß runter?«

Ich dachte nach. »Vielleicht können wir sie mit irgendetwas locken?«

»Gute Idee! Wir nehmen Kitty Glitter. Danach sind alle Katzen verrückt. Ich rühre schnell eine kleine Portion an.«

»Bring am besten auch ein Betttuch mit, als Sprungtuch!«, rief ich Trix nach, die in Richtung Küche verschwand. Katzen können zwar tief springen, aber der Kronleuchter hing wirklich verdammt weit oben.

Einen Moment später war Trix wieder da. In den Händen hielt sie eine Schale mit Wasser. »Unser Kitty Glitter ist leider gerade alle, ich hole mal eben deine Dose von oben. Da muss ich eh für das Betttuch hin.« Sie hetzte die Treppe hoch.

»Mö-hö-hö-hööönz!«, machte die Katze. Ihr schien das alles zu langsam zu gehen.

Mir auch.

»Halt durch, Fräulein Karnelia, Rettung naht.« Trix kam schon wieder heruntergerannt. Sie schüttete etwas Granulat aus der Dose in das Wasser und rührte um. Den Teller mit der wabbeligen braunen Masse platzierte sie auf dem Boden. Dann spannten wir das Betttuch zwischen uns auf.

»Mietz, mietz, lecker, lecker Kitty-Glitter-Futter, Fräulein Karnelia!«, flötete Trix.

Fräulein Karnelia schaute in die Tiefe.

Der Kronleuchter klirrte.

Plötzlich klingelte mein Mobiltelefon. Ich ließ mit einer Hand das Sprungtuch los. *Magnus* stand auf dem Display.

»Spinnst du, halt das Sprungtuch fest!«, zischte Trix.

»Mönz!«, rief Fräulein Karnelia.

»Hallo, Magnus, du wirst nicht glauben, was hier alles passiert: Schnucki MäcGaffin ist verschwunden, und Fräulein Karnelia hängt gerade am …«

»Mööööönz!«, schrie die Katze. Sie schwankte wild hin und her.

»Harald!«, rief Trix.

»Harald?«, sagte mein Bruder. »Bist du noch dran?«

»Ja, stell dir vor, Fräulein Karnelia ...«

»Das kannst du mir doch alles am Wochenende erzählen. Warum rufst du mich denn ständig an? Hat Oma dir nicht gesagt, dass du nicht herkommen kannst?« Magnus sprach sehr schnell.

»Hat sie, aber ich dachte, wir können uns vielleicht doch sehen, weil ich jetzt eh grade in Hum...«

»Nein, das können wir *nicht*!«, fiel mein Bruder mir ins Wort. »Tut mir echt leid. Weißt du, ich hab da eine ganz heiße Spur in Sachen Schmuckdiebstähle, da muss ich dranbleiben.«

Fräulein Karnelia maunzte panisch.

»Aber wir können doch zusammen ermitteln, Magnus, ich ...«

»Das ist nichts für Kinder. Wir sehen uns am Sonntag zu Hause!«

»Ja, aber ich bin doch schon in ... Magnus? Bist du noch dran?«

Anruf beendet, stand auf dem Display.

»Festhalten!«, schrie Trix.

»Mönz!«, machte Fräulein Karnelia.

Der Aufprall war hart. Fast wäre mir das Bettlaken aus der

Hand geflutscht. Doch alles ging gut, und kurz darauf saß die Katze wohlbehalten auf dem Boden und schmatzte. Ich hockte mich neben sie und strich ihr über den Rücken. Ihr Fell fühlte sich seidig weich an.

»Sag mal, Trix? Kann ich vielleicht noch ein paar Tage bei dir übernachten?«

»Kein Ding.«

»Danke.« Ich presste die Zähne zusammen. Vor der Rückfahrt am Sonntag musste Magnus ja gar nicht erfahren, dass ich in Humbug war. Das hatte er dann eben davon.

»Ist wohl sehr beschäftigt, dein Bruder, was?«

Ich richtete mich auf. »Ja, er ist gerade an einem mysteriösen Schmuckdieb dran. Der klaut aus Häusern und Wohnungen, ohne dass es Einbruchspuren gibt. Mein Bruder betreibt hier in Humbug nämlich eine Detektei.«

»Woow!«, rief Trix.

Es freute mich, dass sie das so toll fand. Eine Villa mit Butler, das war ja nicht schlecht. Aber ein Bruder mit Detektei: Das war richtig gut. Ich war Magnus gleich nur noch halb so böse.

»Dös Fröhstöck ist öngerichtet.« Vorsichtig um sich schauend, betrat Ortlieb die Eingangshalle. Sein Blick fiel auf Fräulein Karnelia, die zufrieden ihr Futter mampfte. »Ahö.«

Wir ließen die Katze mit ihrem Festmahl alleine und gingen in das Speisezimmer. Dort erwartete uns ebenfalls ein Fest-

mahl: frische Brötchen, Croissants, Pfannkuchen, Honig, fünf verschiedene Käsesorten, Marmelade und natürlich Nutella. Das Frühstück entsprach zu hundert Prozent meiner Detektiv-Regel Nummer 14: *Frühstücke stets ausgiebig, denn die Ermittlungen lassen dir vielleicht keine Zeit für weitere Mahlzeiten.*
Ich setzte mich und sah hinaus in den Garten. Im Schein der herbstlichen Morgensonne wirkte er richtig friedlich. Ich träufelte Honig auf ein Brötchen. Mit einer Hand aß ich, mit der anderen listete ich die neuen Informationen auf.

13. Gestern, also am Mittwoch, galoppierte gegen 17 Uhr ein blökendes und mähendes Tier durch das Hafenviertel. Vermutlich handelte es sich dabei um Schnucki MäcGaffin. Ich verfolgte das Tier und wurde dabei selbst von einer Person im Katzenkostüm verfolgt, die dabei höchstwahrscheinlich goldene Flyer verlor (Beweisstück Nummer 4). Ich konnte der Person den Katzenkopf abziehen (Beweisstück Nummer 5). Während ich im Hafenbecken herumschwamm, entwendete die Person aus meiner Manteltasche den Zeitungsartikel (Beweisstück Nummer 1) und die Dose Kitty-Glitter-Futter (Beweisstück Nummer 2). Es ist möglich, dass die Person mir außerdem einen Rettungsring hinterherwarf.

14. Trix unterzog den Katzenkopf einer genauen Prüfung. Dabei zeigte sich, dass die Augen schnell und langsam blinken können. Die Steuerung wird im Inneren des Kopfes mithilfe eines Nasenschalters vorgenommen.

15. Eine »menschengroße Gestalt mit dunklem Fell« (Aussage des Butlers Ortlieb) warf eine in den Zeitungsartikel (Beweisstück Nummer 1) gewickelte Dose Kitty Glitter (Beweisstück Nummer 2) durch das Fenster von Trix' Zimmer. Auf den Artikel war in roter Farbe folgende Nachricht geschrieben: »Stell die Ermittlungen ein. Oder deiner kleinen Freundin geht es schlecht.«
Hypothese: Die Dose wurde von der als Katze verkleideten Person geworfen, die mich ins Hafenbecken stieß und die Beweisstücke entwendete.
Frage: Warum gab sie mir die Beweisstücke zurück? Warum will diese Person verhindern, dass ich nach Schnucki MäcGaffin suche? Verfolgte sie im Hafenviertel tatsächlich mich, oder war sie eigentlich hinter dem Schaf her? Falls Letzteres der Fall ist: Hat sie Schnucki MäcGaffin erwischt?

!

?

16. Die Drohbotschaft war in der gleichen Handschrift verfasst wie die Karte von Gustav Gammlich, die bei Jansens in dem Pappkarton mit dem Katzenfutter lag (Beweisstück Nummer 3).
Hypothese: Gustav Gammlich hat sowohl die Karte als auch die Drohbotschaft geschrieben.

!

17. In der Katzenfutterdose, die ich in Jansens Stall sicherstellte (Beweisstück Nummer 2), befindet sich tatsächlich lediglich Katzenfutter. Wir haben die Dose geöffnet und konnten nichts Ungewöhnliches feststellen.

Als ich den Notizblock zuklappte, kam Fräulein Karnelia in das Speisezimmer gelaufen und machte »Mönz!«. Es klang wie: »Katzenfutter kann nachgefüllt werden!« Schnurrend strich sie Trix um die Beine.

Trix kraulte die Katze unter dem Kinn. »Sag mal, macht Fräulein Karnelia so was eigentlich öfter? Also, an Kronleuchter springen?«

Ich zuckte mit den Achseln. »Wir haben zu Hause keinen Kronleuchter, und eigentlich ist sie eher träge. Ich habe sie bisher nicht mal auf einen Baum klettern sehen.«

»Umso seltsamer ist ihr Auftritt heute früh. Was hat sie bloß dazu gebracht?«

»Mö-hönz!« Fräulein Karnelia wurde ungeduldig.

Trix schüttelte den Kopf. »Dieses Kitty-Glitter-Futter ist schlimm. Miss Moneypenny war auch sofort süchtig danach. Ich möchte mal wissen, was die da reintun.«

Ich wischte mir die Finger an einer Serviette ab. »Damit die Antwort auf diese Frage nicht demnächst *Schnucki MäcGaffin* lautet, sollten wir jetzt besser mal losgehen und ermitteln.«

⚹ Kapitel 9

In dem ich einen doppelten Doktor treffe, mein Talent für die Werbung entdecke und Fräulein Karnelia sich weiterhin höchst ungewöhnlich verhält.

Als wir eine halbe Stunde später losgehbereit in der Eingangshalle standen, strich mir Fräulein Karnelia um die Beine.

»Moment«, sagte ich, »wo lassen wir denn die Katze, während wir weg sind? Ich will nicht, dass sie hier mit dem Butler alleine ist.«

Trix seufzte. »Das ist total albern, Harald. Ortlieb tut ihr doch nichts.«

»Mönz!«, machte Fräulein Karnelia.

Ich streichelte sie zwischen den Ohren »Ich lasse sie nicht hier. Schließlich bin ich für sie verantwortlich.«

»Dann kommt sie eben mit.«

»Und wenn sie uns unterwegs abhaut? Falls mit der *kleinen Freundin* wirklich die Katze gemeint ist, schwebt sie in Gefahr.«

Trix seufzte noch mal. Plötzlich hellte sich ihr Gesicht auf. »Ah, ich hab's! Wartet kurz!« Sie rannte die Treppe nach oben.

Als sie wiederkam, hielt sie eine lange Leine in den Händen.

»Wir nehmen die Katzenleine. Die hat meine Mutter mir mal für Moneypenny geschenkt. War der Katze aber zu blöd.«

Ich konnte Miss Moneypenny gut verstehen. Die Leine war grell pinkfarben und oben an der Handschlaufe mit Katzenköpfen aus Glitzersteinen bestickt. »Da spielt Fräulein Karnelia niemals mit«, sagte ich voraus.

Doch zu meiner Verwunderung machte die Katze sofort einen Satz auf Trix zu und sprang an ihr hoch wie ein Hund.

Trix legte ihr das Halsband an. »Bei Fuß!«

Die Katze warf ihr einen vernichtenden Blick zu. Aber tatsächlich lief sie Trix auf dem ganzen Weg zur Werbeagentur hinterher. So brav kannte ich Fräulein Karnelia gar nicht.

Kotzbach Kreativ befand sich in einem verfallenen Altbau in der Nähe des Bahnhofs. Außer dem goldenen Schild neben der Klingel sah alles so aus, als würde es im nächsten Moment entweder auseinanderfallen oder vergammeln.

»Am besten wartest du mit Fräulein Karnelia draußen«, schlug ich Trix vor. »In der Agentur sind sicher keine Tiere erlaubt.«

»Mö-önz!«, machte Fräulein Karnelia.

»Gut«, sagte Trix, »dann schaue ich mich in der Zeit hier in der Gegend nach neuen Katzen-Suchanzeigen um. Wir sind in dreißig Minuten wieder da.« Sie zog mit Fräulein Karnelia im Schlepptau ab.

Dem Klingelbrett entnahm ich, dass sich die Agentur in der ersten Etage befand. Ich sah auf die Uhr. Zehn vor elf. Ich war ein wenig zu früh. Egal, sagte ich mir, besser als zu spät. Auf mein Klingeln summte es, und ich konnte die Haustür aufdrücken.

Ich stieg eine alte knarzende Treppe hoch. An der Tür im ersten Stock war ein goldener Klopfer in Form eines Katzenkopfes befestigt. Ich wollte ihn schon betätigen, da bemerkte ich, dass die Tür einen Spaltbreit aufstand. Sollte ich trotzdem klopfen? Ich entschied mich dagegen. Vielleicht konnte ich mich auf diese Weise drinnen einen Moment unbeobachtet umsehen. Leise schlich ich hinein.

Der Flur war stockduster. Bis auf zwei riesige rote Augen! Wütend blinkten sie mich aus der Schwärze an. War das die dosenwerfende Riesenkatze von gestern Abend? Ich wich instinktiv zurück, machte dann aber sofort wieder einen Schritt auf das Vieh zu. *Ein Detektiv fürchtet nichts und niemanden.* Meine Regel Nummer 15.

Mutig streckte ich die Hand aus, bekam eine fellige Pfote zu fassen … und das riesige Wesen stürzte sich auf mich!

Ich ging zu Boden.

Ich wagte kaum zu atmen. Doch dann wurde es plötzlich hell.

»Was ist denn hier los? Bist du gestürzt?«

Vor meiner Nase tauchte ein Paar schwarze Lederschuhe auf.

Sie waren so auf Hochglanz poliert, dass ich mich darin spiegelte. Ich sah wirklich gut aus. Und wirklich panisch.

»Warte, ich befreie dich mal.«

Das fellige Ding erhob sich von mir.

»Bist du im Dunkeln gegen die Garderobe gelaufen?«

Schnell rappelte ich mich auf. Vor mir stand ein Herr mit gepflegten grauen Haaren und einem strahlenden Lächeln. Seine Augen blitzten mich freundlich durch eine runde goldene Brille an. In der einen Hand hielt er einen hölzernen Garderobenständer, in der anderen ein Katzenkostüm.

Er lachte. »Das hat dich ordentlich erschreckt, was?«

»Nein, mich erschreckt nichts. Gefahr ist mein Geschäft.«

»Verstehe.«

Unauffällig betrachtete ich das Kostüm. Der Kopf war noch vorhanden. Ich kombinierte: Es schien sich also nicht um das Katzen-Outfit zu handeln, das mein Gegner im Hafenviertel gestern getragen hatte.

Der Mann stellte den Ständer wieder auf. Dann fasste er in den Katzenkopf, und die blinkenden Augen erloschen. Er hängte das Kostüm an die Garderobe. »Was machst du denn überhaupt hier auf dem Flur?«

»Ich bin mit Gabriele und Florian von Kotzbach verabredet. Es geht um ein Bewerbungsgespräch für ein Schülerpraktikum.« Ich hob meinen Hut auf. »Mein Name ist Harald Donnerschlag.«

»Angenehm.« Er gab mir die Hand. Sein Händedruck war genau richtig, nicht zu fest und nicht zu schlaff. »Auf Gabriele wirst du allerdings einen Moment warten müssen. Sie ist gerade zur Post gegangen. Und Florian befindet sich noch in einer tiefen Hypnose.«

»Hypnose?«

»Ja, ich helfe ihm auf diese Weise, sich das Rauchen abzugewöhnen. Ich bin Doktor Doktor Wischer, der weltberühmte Hypnotiseur. Aber sicher kennst du mich ja aus dem Fernsehen.«

Ich kombinierte blitzschnell: Das musste der Hypnotiseur sein, dessen Sendung Wiebkes Oma so gerne schaute.

»Angenehm, Herr Doktor Wischer«, sagte ich.

»*Doktor* Doktor Wischer«, korrigierte er mich. »Möchtest du ein Autogramm?«

»Ja, sehr gerne.«

Er übereichte mir eine bunt glänzende Autogrammkarte. »Hier. Sag mal, bist du etwa Detektiv?«

Ich nickte. »Woraus schließen Sie das?«

»Der Hut und der Mantel … und dieser intelligente Blick.« Er lächelte.

Mir wurde ganz warm.

»So. Und jetzt muss ich wieder rein.« Er zeigte auf eine Tür, an der *Florian von Kotzbach, Kreativ-Direktor* stand. »Bitte verhalte dich ruhig. Ich werde Florian gleich aus der Hypnose erwecken, und in diesem Moment darf es keinerlei Störungen geben.« Er verschwand in das Büro.

Ich nutzte die Zeit, um nach Spuren von Schnucki MäcGaffin zu suchen. Natürlich wäre es etwas ungewöhnlich, ein Schaf in einer Werbeagentur zu verstecken. Aber an diesem Fall war bisher nichts gewöhnlich gewesen. Ich schlich den Flur entlang. An der Wand hingen fünf verschiedene Kitty-Glitter-Plakate. *Kotzbach Kreativ* schien für kein anderes Produkt Werbung zu machen. Am Ende des Flurs gab es noch eine Tür. Sie war verschlossen. Ich horchte. Kein Mähen oder Blöken war zu hören.

»Schnucki!«, flüsterte ich. »Schnucki MäcGaffin?«

Stille.

Neben der Tür auf dem Boden entdeckte ich einen Fressnapf. Vorsichtig hob ich ihn auf und roch daran.

Katzenfutter.

Eine Tür klappte.

»So, das hätten wir.«

Erschrocken ließ ich den Napf fallen. Er fiel scheppernd zu Boden.

»Hungrig?« Doktor Doktor Wischer lachte. »Du kannst jetzt rein zu Florian. Viel Spaß.« Er winkte mir zu und ging.

Ich wartete, bis er die Agentur verlassen hatte. Dann klopfte ich an der Bürotür.

»Herei-hein!«, ertönte eine fröhliche Stimme.

Drinnen sah es aus, als hätte sich der größte Kitty-Glitter-

Fan aller Zeiten eingerichtet. An den Wänden hingen Kitty-Glitter-Werbeplakate. In der Mitte des Raums stand ein Kitty-Glitter-Pappaufsteller. Und von der Deckte baumelte ein blinkender Schriftzug: *Kitty Glitter lässt Katzenaugen leuchten.* Mitten in dem ganzen Glitter saß ein Mann an einem Schreibtisch. Auf dem Kopf trug er glitzernde Katzenohren aus Pappe. Seine Augen hatten rote Ränder – er schien länger nicht geschlafen zu haben. Als er mich sah, sprang er auf.

»Herzlich Willkommen bei *Kotzbach Kreativ*! Ich bin Florian von Kotzbach, Besitzer und Kreativ-Direktor der Agentur. Mit anderen Worten: Mir gehört hier alles, und ich bestimme hier alles!« Er lachte rasselnd und schüttelte mir die Hand. Seine Finger waren warm und feucht. »Tut mir leid, dass du warten musstest.« Aus einem silbernen Etui nahm er sich eine Zigarette, die er aber nicht anzündete.

»Ich höre gerade mit dem Rauchen auf. Durch Hypnose. Das ist wirklich faszinierend! Wenn du dir auch mal das Rauchen abgewöhnen willst, kann ich dir gerne die Adresse von Doktor Doktor Wischer geb… Unsinn, du bist ja noch ein Kind. Du kommst wegen des Schülerpraktikums, oder? Gabriele hat mir alles erzählt.«

»Genau, ich habe Ihre Frau im Zug kennengelernt. Sie hatte geschäftlich in Ruckelnsen zu tun.« Gespannt beobachtete ich seine Reaktion. Würde er darauf reinfallen und zugeben, dass Gabriele bei uns im Ort gewesen war und nicht bei irgendeiner Druckerei in Dingenskirchen?

»Ruckelnsen? Da musst du was falsch verstanden haben. Die Druckerei, mit der wir zusammenarbeiten, ist in Dingenskirchen.«

»Ach so.« Entweder, Gabriele hatte gar nicht gelogen, oder Florian von Kotzbach wusste nichts von ihrem Besuch bei Oma Jansen. Oder aber er konnte sehr abgebrüht lügen. Das konnte ich auch. »Ich bin ein großer Bewunderer Ihrer Kitty-Glitter-Kampagne«, behauptete ich.

Seine Augen glänzten. »Zu Recht. Seit wir die Kampagne gestartet haben, gehen die Verkaufszahlen durch die Decke.« Mit der Zigarette wies er auf ein Diagramm an der Wand. Es zeigte eine Kurve, die in mehreren Zacken nach oben verlief. »Schau dir das mal an: Die Kurve bildet die Verkaufszahlen des Kitty-Glitter-Futters ab. Und hier unten auf der x-Achse sind die Ausstrahlungstermine unserer Werbung im Fernsehen verzeichnet. Na?« Er sah mich erwartungsvoll an.

Ich betrachtete die Grafik genauer. »Hm. Ich kombiniere: Wenn der Kitty-Glitter-Spot gelaufen ist, wird danach jedes Mal sehr viel mehr Futter verkauft als sonst.«

»Genau! Du hast Talent für die Werbung. Wenn der alte Gammlich nicht zu geizig wäre, auch am Wochenende Werbezeiten zu kaufen, würde es noch besser laufen.«

Jemand räusperte sich.

In der Tür stand Gabriele von Kotzbach.

Florian wandte sich ihr zu. »Entschuldige, Schatz. Aber dein Vater ist in der Sache einfach zu stur. Das Geld für die Werbung zur besten Sendezeit würde er doch locker durch die Verkäufe wieder reinkriegen!«

Gabriele von Kotzbach war Gustav Gammlichs Tochter! Im Kopf notierte ich mir diese neue Information. Dabei musterte ich möglichst unauffällig Gabriele. Sie wirkte blass und übernächtigt.

»Die Idee, dass Gustav Gammlich selbst in dem Spot auftritt, war natürlich von mir«, brabbelte Florian weiter. »Und ich finde, er hat es richtig gut gemacht. Total authentisch.« Florian drückte auf eine Fernbedienung. Eine Leinwand senkte sich von der Decke herab. »Machst du mal das Licht aus, Gabriele?«, bat er. »Du stehst neben dem Schalter.«

Gabriele seufzte.

Das Licht ging aus.

Auf der Leinwand erschien ein untersetzter Mann in einem weißen Kittel. Er hatte eine blanke Glatze und sehr buschige Augenbrauen. So als hätten sich alle seine Haare verabredet, über den Augen herauszuwachsen statt auf dem Kopf. Der Mann hielt eine Dose Kitty Glitter in der Hand. »Alle Katzenbesitzer lieben, wie gesagt, ihre Katze«, leierte er. »Doch niemand mag den Geruch angebrochener Dosen Katzenfutter im Kühlschrank. Deshalb habe ich, wie gesagt, Kitty Glitter entwickelt, das erste Katzenfutter-Konzentrat. Entnehmen Sie, wie gesagt, die gewünschte Menge Kitty-Glitter-Granulat aus der Dose und lösen Sie es, wie gesagt, in lauwarmem Wasser auf.« Er schüttelte die Dose. Das typische rasselnde Geräusch ertönte. »Wie gesagt: Kitty Glitter lässt Katzenaugen leuchten!«

»Einfach genial«, raunte Florian. »Wollen wir gleich noch den neuen Spot anschauen?«

Das Licht ging wieder an.

»Tut mir leid, Schatz, aber ich glaube, Harald muss dringend los. Oder, Harald?« Gabriele verschränkte die Arme vor der Brust.

Das ließ ich mir nicht zweimal sagen. Dieser Florian von Kotzbach war mir nicht geheuer.

»Warte, warte!«, rief er mir nach, als ich schon auf dem Flur war. »Komm doch zu unserem Kitty-Glitter-Herbstfest am Sonntagvormittag um zehn. Da präsentieren wir drei neue Kitty-Glitter-Sorten. Du wirst live erleben, wie Werbung funktioniert.«

Gabriele von Kotzbach schob mich zum Ausgang. »Bitte komm nicht wieder«, flüsterte sie mir an der Tür zu.

»Aber was wird denn dann aus meinem Schülerpraktikum?«, wandte ich ein.

Ihre Hände zitterten. »Tut mir leid, aber wir haben keine Zeit, uns um einen Praktikanten zu kümmern. Nimm's mir nicht übel, Harald. Auf Wiedersehen.«

»Noch eine Frage: Was haben Sie gestern Nachmittag getan, nachdem Sie aus dem Zug gestiegen sind?«

»Nachdem ich … also wirklich! Ich lasse mich nicht von dir verhören, Harald. Auf Wiedersehen.«

Ich tippte mit zwei Fingern einen Gruß an meinen Hut und machte mich aus dem Staub.

Kapitel 10 🐈

In dem wir Gustav Gammlich persönlich kennenlernen,
Fräulein Karnelia sich endlich mal satt essen kann und
Trix einen Schuppen voller Kitty Glitters entdeckt.

Trix wartete schon, als ich aus dem Haus kam. In den Händen hielt sie einen Stapel Papier.

»Mö-hönz!«, begrüßte mich Fräulein Karnelia.

»Und? Hast du was herausgefunden?«, fragte Trix.

»Von Schnucki MäcGaffin gibt es da drin leider keine Spur. Dafür habe ich eine neue Information: Gabriele von Kotzbach ist Gustav Gammlichs Tochter.«

»Interessant«, sagte Trix. »Das erhärtet den Verdacht, dass die beiden Komplizen sind.«

»Das schon, aber Florian von Kotzbach hat bestätigt, dass Gabriele gestern im Zug saß, weil sie von einer Druckerei kam. Diese Ausrede können sie natürlich abgesprochen haben. Gabriele ist jedenfalls verdächtig nervös. Plötzlich will sie nicht mehr, dass ich ein Praktikum bei ihnen mache. Dabei hat Florian von Kotzbach gesagt, dass ich Talent für die Werbung habe. Wobei er selbst wohl nicht sehr viel Talent hat.

Er hat mir den Kitty-Glitter-Spot gezeigt, und der ist richtig schlecht.«

»Ich weiß, der kommt ja ständig im Fernsehen: Wie gesagt«, leierte Trix wie Gustav Gammlich, »Kitty Glitter lässt Katzenaugen leuchten.«

»Genau. Aber Florian ist vollkommen begeistert davon. Er wirkt wirklich ... seltsam. Ach ja, sie haben ein Kitty-Glitter-Kostüm in ihrer Agentur hängen. Aber der Kopf ist noch dran.«

»Hm.« Trix zupfte an ihrer Fliege. »Das entlastet sie nicht. Bestimmt haben sie mehrere Kostüme. Übrigens ist vor einer Weile ein Mann mit grauen Haaren und goldener Brille aus dem Haus gekommen. Sah aus wie ein Zahnarzt oder Versicherungsvertreter.«

Ich winkte ab. »Das ist Doktor Doktor Wischer, ein weltberühmter Hypnotiseur, der Florian von Kotzbach das Rauchen abgewöhnt.«

»Oho. Weltberühmt, ja?« Trix lachte. »Und wieso Doktor Doktor?«

»Keine Ahnung.« Irgendwie ärgerte mich Trix' spöttischer Tonfall. »Ich fand den Doktor jedenfalls ziemlich sympathisch. Und wie lief es bei dir?«

»Die Gegend ist gepflastert mit Katzen-Suchanzeigen. Diese hier finde ich besonders interessant.« Sie hielt mir ein weißes Blatt Papier in DIN-A4-Größe hin. Darauf war ein rot-weiß-getigertes Katzengesicht zu sehen. Darunter stand: *Wo ist Manfred? Wir vermissen unseren Kater! Wenn Manfred Ihnen zugelaufen ist oder Sie ihn gesehen haben, melden Sie sich bitte bei Kotzbach Kreativ.*

Ich pfiff durch die Zähne. »Den von Kotzbachs ist also auch ein Kater abhandengekommen.«

Trix nickte. »Die Anzeige scheint mit der Hand geschrieben und dann kopiert worden zu sein. Ziemlich unprofessionell für eine Werbeagentur.«

Mir fiel noch etwas anderes auf. Aus meinem Notizblock holte ich die Grußkarte von Gustav Gammlich und die Zeitungsseite mit der Drohbotschaft. »Sieh dir das an.«

Trix schaute von einem der drei Papiere zum anderen. »Das ist alles die gleiche Handschrift«, flüsterte sie.

Schnell steckte ich die Papiere wieder ein. »Ich denke, wir können davon ausgehen, dass entweder Florian oder Gabriele die Katzen-Suchanzeige geschrieben haben.«

»Aber wieso zeigt die Grußkarte dann die gleiche Schrift?«, fragte Trix. »Die ist doch von dem Gammlich, das steht klar und deutlich drauf: *Ihr Gustav Gammlich.*«

Ich dachte nach. »Vielleicht kümmert *Kotzbach Kreativ* sich um die Grußkarten. Das ist im weitesten Sinne ja auch Werbung.«

Trix nickte. »Das ist zumindest wahrscheinlicher, als dass Gustav Gammlich für Gabriele und Florian die Katzen-Suchanzeigen schreibt. Gut. Das lenkt den Verdacht klar auf das Ehepaar von Kotzbach. Einer von ihnen muss die Drohbotschaft verfasst haben. Und was sagst du dazu, dass ihr Kater weg ist?«

»Vielleicht Zufall?«

»Auf mehr bin ich auch noch nicht gekommen. Und jetzt müssen wir zu der Werksführung.«

Ich holte den Flyer aus der Tasche. »Die Gammlich-Werke sind in der Ruckelnser Landstraße 23 a. Weißt du, wo das ist?«

»Nein. Aber ich weiß, wen wir fragen können.« Trix holte ihr Smartphone hervor. »Harald, berechne die Strecke zur Ruckelnser Landstraße 23 a. Zu Fuß.«

»Hä?«

»Moin-moin-Trix«, kam meine Stimme aus dem Mobiltelefon. »Die-Strecke-ist-berechnet-gehe-fünfhundert-Meter-geradeaus.«

»HÄ?«

»Ich hab meinen Sprachassistenten umbenannt. Und damit er auch nach dir klingt, habe ich die Stimme angepasst. Wie findest du's?«

Bevor ich meine Meinung äußern konnte, antwortete die Telefonstimme. »Wie-ich-das-finde-ist-unerheblich-hier-geht-es-nur-um-dich-liebe-Trix.«

»Sehr zuvorkommend, Harald.«

»Trix, du änderst das jetzt sofort wie…«

»Kann-ich-noch-etwas-für-dich-tun-Trix?«, fiel mir meine Handystimme ins Wort.

»Nein, danke, Harald!«

»Sag nicht *Harald* zu dem! Diese Hack-Stimme hat mit mir überhaupt nichts zu tun!

»Stimmt«, sagte Trix. »Du bist längst nicht so höflich. Gehen wir?«

Die Gammlich-Werke lagen in einem Industriegebiet am Rande der Stadt. Schon von Weitem sahen wir die riesige Kitty-Glitter-Statue, die sich über die flachen Gebäude erhob wie eine Königin über ihr Reich. Ihre großen Augen funkelten, als wären sie aus roten Rubinen.

»In die Augen sind Scheinwerfer eingebaut«, erklärte Trix. »Wenn sie eingeschaltet sind, sieht man die Lichtstrahlen von jedem Ort in der Stadt. Und wahrscheinlich noch weit darüber hinaus.«

»Allerdings, sogar bei uns überm Deich.«

Trix überlegte. »Echt? Ist Ruckelnsen dafür nicht etwas zu weit von Humbug entfernt?«

»Dreißig Kilometer ungefähr. Der Leuchtturm bei uns an der Küste kann bis zu fünfzig Kilometer weit strahlen.«

In diesem Moment erreichten wir das Werkstor. Trix zeigte auf die riesige Statue. »Mit einem Leuchtturm kann das Vieh es locker aufnehmen. He, Fräulein Karnelia! Was ist denn los?«

Die Katze riss wie verrückt an der Leine. Sie wollte wohl zu den Werkshallen, aus denen ein penetranter Katzenfuttergeruch zu uns herüberwehte.

Ich sah mich um. Es waren schon eine Menge andere Leute da, die Selfies mit der Kitty-Glitter-Statue machten, als handelte es sich um ein berühmtes Denkmal. Ein untersetzter Mann in einem weißen Kittel eilte auf uns zu. Gustav Gammlich. Er sah genauso aus wie in dem Werbespot.

Entrüstet zeigte er auf Fräulein Karnelia. »Das Mitführen von Katzen ist, wie gesagt, auf dem Werksgelände nicht gestattet!«

»Wieso ›wie gesagt‹? Das haben Sie uns doch noch gar nicht gesagt«, stellte Trix fest.

Gustav Gammlich keuchte vor Erschöpfung, als hätte er einen Zweitausendmeterlauf hinter sich. »Wie gesagt: Die Katze muss weg. Tut mir leid.« Seine Augenbrauen zuckten. »Ihr könnt sie da drüben am Katzen-Büfett anleinen.« Er wies auf eine Art Springbrunnen, aus dem eine braune, glibberige Masse quoll. Mehrere Katzen hockten davor und schmatzten.

»Mönz!«, rief Fräulein Karnelia begeistert.

»Gehst du mit ihr?«, fragte ich Trix.

Sie nickte, gab mir die Hand und steckte mir dabei etwas zu. »Viel Spaß wünsche ich dir.« Dann lief sie mit der Katze zu dem Brunnen hinüber.

Gammlich machte eine zufriedene Miene und verschwand in Richtung der Werkshallen.

Unauffällig schaute ich nach, was Trix mir gegeben hatte. Es war ihre Kamera-Blume. Ich fädelte den Stiel durch ein Knopfloch meines Mantels. So ausgerüstet, schloss ich mich der Gruppe an, die sich vor einem der flachen Gebäude versammelt hatte. Es waren viele Kinder und ein paar Erwachsene. Alle hatten schwarz glitzernde Kitty-Glitter-Katzenohren aus Pappe auf.

Ein kleines Mädchen reichte mir auch ein Paar. »Die musst du aufsetzen.«

Ich streifte die Ohren über.

»Jetzt siehst du aus wie eine Katze mit Hut«, sagte das Mädchen anerkennend.

Ich ließ den Blick über das Gelände schweifen. Von Schnucki war nichts zu sehen.

»So, dann sind wir wohl vollzählig.« Gustav Gammlich stellte sich zu uns und blinzelte nervös. »Wie gesagt ist mein Name Gustav Gammlich. Ich bin diplomierter Lebensmittelchemiker und Besitzer der Gammlich-Werke.« Er lächelte. »Ich will nicht unbescheiden sein, aber ich habe, wie gesagt, das hoch konzentrierte und damit äußerst ergiebige Futter Kitty Glitter entwickelt. Und natürlich den Geschmack der unvergleichlichen Kitty-Glitter-Sorten *Thunfisch total*, *Kalb à la Carte* und *Hühnchen-Himmel*. Wie gesagt.«

Einige Leute klatschten.

Gustav Gammlich verbeugte sich. »Danke, danke. Wie gesagt: Alles zum Wohle der Katze.« Er rieb sich die Hände und führte uns durch eine schwere Eisentür in eine lange Halle voller Fließbänder und Maschinen. In einem großen Kessel brodelte eine braune Masse.

»Hier wird das Futter, wie gesagt, nach meiner Geheimrezeptur zusammengemischt«, erklärte Gustav Gammlich. »Und anschließend gefriergetrocknet.« Er zeigte auf ein Fließband. »Dann wird es in die original Kitty-Glitter-Aromaschutzdosen abgefüllt. Die Maschine dort hinten versieht die Dosen am Ende mit den original Kitty-Glitter-Etiketten.«

Ich meldete mich.

»Ja, bitte?«

»Gibt es eigentlich auch eine Geschmacksrichtung mit Schaf?«

Zum ersten Mal lächelte Gustav Gammlich. »Noch nicht, aber übermorgen, am Sonntagvormittag, präsentieren wir, wie gesagt, drei neue Kitty-Glitter-Sorten auf dem Kitty-Glitter-Herbstfest. Jeder Kitty-Glitter-Fan ist herzlich dazu eingeladen. Und ich verspreche nicht zu viel, wenn ich ankündige, dass eine der neuen Sorten den Namen *MäcSchaf* trägt. Wie gesagt.«

MäcSchaf! Ich versuchte, mir meinen Schrecken nicht anmerken zu lassen.

Gustav Gammlich holte ein Taschentuch aus seinem Kittel und wischte sich den Schweiß von der Stirn. Etwas blitzte an seinem Finger auf.

Ich kniff die Augen zusammen.

Das konnte einfach nicht sein!

Und doch war es so: Gustav Gammlich trug am kleinen Finger der rechten Hand den Siegelring von Frau Aus dem Moore!

»Ist was?«, fragte er gereizt.

»Entschuldigen Sie bitte, ich habe nur den Siegelring an Ihrem Finger bewundert«, erwiderte ich höflich. »Darf ich ihn mal richtig anschauen? Ist darauf das Wappen Ihrer Familie eingraviert? Ich interessiere mich sehr für Heraldik, müssen Sie wissen.« Ganz leicht beugte ich mich vor und fummelte an der Blume in meinem Knopfloch herum. *Klick*, machte es leise.

Gustav Gammlich zwinkerte. »Heraldik?«

»Wappenkunde«, erklärte ich.

»Ach so. Ein seltsames Hobby

für ein Kind.« Er steckte sein Taschentuch wieder ein und vergrub die rechte Hand in der Tasche seines Kittels. »Dafür ist jetzt, wie gesagt, keine Zeit.«

»Schade«, sagte ein älterer Herr mit weißen Haaren und einer großen schwarzen eckigen Brille, »ich hätte den Ring auch gerne gesehen.«

Gustav Gammlich stand schon wieder der Schweiß auf der Stirn. »Nun ist die Führung, wie gesagt, beendet. Für alle gibt es noch eine Wundertüte mit dem Besten unseres Kitty-Glitter-Sortiments.« Er ging zu einer riesigen Pappkiste, die an einer Wand stand. »Bitte stellen Sie sich, wie gesagt, geordnet an.«

Brav formierten sich die Leute zu einer Schlange, und Gustav Gammlich überreichte jedem eine große goldene Papiertüte mit dem Kitty-Glitter-Logo darauf. Als ich an der Reihe war, fiel mir auf, dass er ausschließlich die linke Hand verwendete. Die rechte hielt er weiterhin in der Tasche seines Kittels verborgen.

Auf dem Weg zurück zu Trix und Fräulein Karnelia warf ich einen Blick in die Tüte. Darin befanden sich eine Dose Kitty Glitter und eine Tüte Kitty-Glitter-Snacks. Zumindest würde Fräulein Karnelia nicht so bald verhungern müssen.

Die Katze saß an der Katzenfutterstation und mampfte genüsslich vor sich hin. Trix war nirgends zu sehen. Ich konnte nicht fassen, dass sie Fräulein Karnelia alleine gelassen hatte.

»Trix? Tri-hix! Wo bist du?«

»Pscht!«, kam es von irgendwo her. Ich schaute mich um. An dem Schuppen hinter der Katzenfutter-Station öffnete sich langsam eine Tür. Und heraus kam: Trix.

»Sag mal, spinnst du, Fräulein Karnelia alleine zu lassen? Wenn unser Gegner sie erwischt hätte!«

Trix winkte ab. »Ich war nur ganz kurz da drin. Der Schuppen machte den Eindruck, als wäre er das ideale Versteck für ein Schaf. War aber leider keins da. Und trotzdem hat es sich gelohnt. Rate mal, was dort an der Wand hängt.«

»Eine Medaille für die unzuverlässigste Partnerin aller Zeiten?«

Trix lachte. »Nicht ganz. Drei Katzenkostüme. Bei einem fehlt der Kopf. Ich hab ein Foto gemacht.« Sie hielt mir ihr Handy hin. Das Bild war nicht sehr gut, aber es war deutlich zu erkennen, dass eines der Kostüme keinen Kopf hatte.

»Das belastet Gustav Gammlich schwer«, stellte ich fest, »und macht ihn doch wieder zu unserem Hauptverdächtigen.«

»Oder aber, jemand will ihn belasten«, gab Trix zu bedenken. »So wirklich traue ich dem Gammlich das alles eigentlich gar nicht zu: ein Schaf entführen, dich ins Hafenbecken stoßen, eine Dose in mein Fenster schmeißen. Er wirkt so … bieder. *Wie gesagt.*«

»Du weißt noch nicht, was ich an seinem kleinen Finger ent…«, fing ich an.

»Stopp«, unterbrach mich Trix. »Erzähl mir das besser auf dem Weg zum Rathausplatz. Der Typ da drüben hat vielleicht schon was gehört.«

Ich schwieg und drehte mich um. Hinter uns verließ der Herr mit den weißen Haaren und der eckigen Brille das Werksgelände.

»Das ist bloß ein Teilnehmer der Werksführung«, beruhigte ich Trix.

Durch das offene Tor beobachteten wir, wie der Mann in einen grünen Sportwagen stieg. Wir sahen dem wegfahrenden Auto nach, dann gingen wir los.

Unterwegs berichtete ich von meinen Beobachtungen.

Trix zupfte an ihrer Fliege. »Der Gammlich trägt den Ring von dieser Frau Aus dem Moore? Bist du sicher?«

»Absolut sicher. So einen Siegelring gibt es kein zweites Mal. Ich habe ihn mit deiner Kamera-Blume fotografiert.«

Trix holte ihr Smartphone heraus. »Ah ja, hier in meinen Mails ist das Foto. Hm, der Ring sieht tatsächlich sehr besonders aus. Den gibt es wahrscheinlich wirklich kein zweites Mal.«

»Und Gustav Gammlich ist nervös«, ergänzte ich. »Mein Besuch auf dem Werksgelände scheint ihn unter Druck gesetzt zu haben.«

»*Unser* Besuch«, korrigierte mich Trix.

Ich schob meinen Hut hoch. »Auf jeden Fall stellt der Ring

eine Verbindung zwischen Gustav Gammlich und Ruckelnsen her.«

»Aber wie und aus welchem Grund sollte er den Ring stehlen? Woher weiß er überhaupt, dass diese Frau Aus dem Moore so einen Ring hat?«, fragte Trix.

Ich dachte nach. »Vielleicht hat Gabriele den Ring gestohlen oder gefunden, als sie in Ruckelnsen war, und ihn dann ihrem Vater gegeben. Die Rolle des Ringes ist mir zurzeit noch ein Rätsel.« *So wie alles andere auch,* ergänzte ich in Gedanken.

Ich erzählte Trix von der neuen Kitty-Glitter-Sorte *Mäc-Schaf.* »Schnucki MäcGaffin gehört doch zu einer schottischen Rasse. Vielleicht ist das *Mäc* eine Anspielung darauf. Und auf das *Mäc* in seinem Namen.«

»Das klingt übel«, stellte Trix fest. »Aber warum Gustav Gammlich dafür Schnucki MäcGaffin entführen sollte, ist mir trotzdem noch unklar. Ich meine: Wie viele Dosen Katzenfutter gibt so ein Schaf her? Irgendwann ist das doch aufgebraucht, das bringt doch auf Dauer gar nichts.«

»Das Futter ist stark konzentriert, da reicht vielleicht eine kleine Menge«, überlegte ich. »Oder aber er will Schnuckis Zusammensetzung analysieren, um das schottische Schafsaroma dann künstlich herzustellen. Immerhin ist er Lebensmittelchemiker.«

Trix schüttelte sich. »Igitt. Das klingt nicht nur widerlich, sondern auch unwahrscheinlich. Und welche Rolle spielt Gabriele von Kotzbach bei alldem? Hilft sie ihrem Vater bei seinen dunklen Machenschaften? Und was hat Florian von Kotzbach damit zu tun?«

Auf dem ganzen Weg zum Rathaus grübelten wir darüber nach. Doch es wollte uns einfach nichts einfallen.

Kapitel 11

In dem wir beim Observieren observiert werden, eine Verbündete gewinnen und eine Katze verlieren.

Der Begriff *Observieren* kommt vom lateinischen Wort *observare* und bedeutet *beobachten*. Sehr wichtig beim Oberservieren ist, dass die observierten Personen nicht bemerken, dass sie observiert werden. Das klappt manchmal. Und manchmal nicht.

Trix und ich hatten einen perfekten Observationsstandort in der Stadtbibliothek am Rathausplatz gefunden: zwei bequeme Drehsessel in einer Fensternische mit sehr gutem Blick auf den Brunnen davor. Trix saß verschanzt hinter einem riesigen Bildband mit dem Titel *Das Riesen-Buch der Riesen-Dinosaurier*. Ich lugte über ein großformatiges Bilderbuch, auf dem in bunten Buchstaben *Unsere wilde Wimmel-Welt* stand. Das entsprach exakt meiner Detektiv-Regel Nummer 16: *Sei ein Chamäleon. Passe dich deiner Umgebung an, das ist die beste Tarnung.* Für Fräulein Karnelia hatten wir die goldene Papiertüte ausgeleert und auf Höhe der Augen des Kitty-Glitter-Logos zwei kleine Löcher gerissen. So konnte die Katze bequem darin sitzen und rausschauen. Zur Sicherheit hatten wir die Katzenleine um die Henkel der Tüte geschlungen.

Wir waren also alle drei gut getarnt und hatten den Brunnen im Blick.

Eine ganze Weile passierte: gar nichts.

Kein Mensch war zu sehen.

Ich unterdrückte ein Gähnen.

Fräulein Karnelia unterdrückte ein Maunzen.

Trix kaute an ihrem Daumennagel.

Observieren kann verdammt langweilig sein.

Müde lauschte ich den Geräuschen der Bibliothek: den gedämpften Schritten, der leisen Stimme der Bibliothekarin, dem Rascheln von Papier und einem »Tststststststststs!«. Letzteres kam aus dem Sessel neben uns, in dem ein sehr elegant gekleideter Herr saß und Zeitung las. Von seinem Kopf waren nur ein paar braune Locken zu sehen. An den Füßen hatte er grüne Filzhausschuhe.

Respekt, dachte ich, der macht es sich hier so richtig gemütlich.

Dann schlug die Uhr am Rathaus eins. Ich sah aus dem Fenster.

Es passierte immer noch nichts.

Um mir die Wartezeit zu verkürzen, holte ich meinen Notizblock hervor und notierte die neuen Informationen:

18. In der Werbeagentur hängt ein Kitty-Glitter-Kostüm. Der Katzenkopf ist allerdings noch vorhanden.

19. Gabriele von Kotzbach ist Gustav Gammlichs Tochter.

20. Trix hat eine Katzen-Suchanzeige entdeckt, auf der die von Kotzbachs um Mithilfe bei der Suche nach ihrem verschwundenen Kater Manfred bitten. Die Anzeige weist die gleiche Handschrift auf wie die Grußkarte aus dem Pappkarton in Jansens Stall und die Drohbotschaft.
Hypothesen: Die Agentur Kotzbach Kreativ verfasst die Grußkarten für Gustav Gammlich. Florian oder Gabriele von Kotzbach haben auch die Drohbotschaft geschrieben.

21. Gustav Gammlich trägt den Siegelring von Frau Aus dem Moore.

22. Auf dem Gammlich-Gelände befindet sich ein Schuppen, in dem drei Kitty-Glitter-Kostüme hängen. Bei einem fehlt der Katzenkopf.
Hypothese: Dies ist das Kostüm, das mein Verfolger im Hafenviertel trug.

Ich starrte auf das Blatt. Es war offensichtlich, dass sowohl die von Kotzbachs als auch Gustav Gammlich in der Sache drinsteckten. Nur wie und warum, das mussten wir noch herausfinden – und, wo Schnucki MäcGaffin sich aufhielt. Vielleicht kamen wir weiter, wenn wir uns gleich an Wiebkes und Frau

Jansens Fersen hefteten. Falls sie überhaupt vor dem Rathaus auftauchten.

Trix stieß mich in die Seite. »Spinnst du? Geh sofort wieder in Deckung!«

Ich gähnte, klappte den Notizblock zu und verzog mich hinter mein Buch »Es passiert doch eh nichts«, raunte ich Trix zu. »Unsere Observation läuft richtig schlecht.«

»Das tut mir leid für euch«, hörten wir eine Stimme.

Ich drehte mich um.

Da stand Wiebke.

»Mö-hönz!«, machte Fräulein Karnelia zur Begrüßung.

Ich hustete laut, damit niemand mitkriegte, dass wir eine Katze in die Bibliothek geschmuggelt hatten.

»Hallo, Harald! Du liest aber ein schönes Bilderbuch. Und die Katzenohren sehen wirklich niedlich aus.«

Ich legte das Buch zur Seite und fasste mir an den Hut. Da saßen tatsächlich noch die Kitty-Glitter-Ohren! Schnell nahm ich sie ab. »Ähm, das ist Wiebke Jansen«, erklärte ich Trix, die sich ebenfalls umgedreht hatte.

»Angenehm.« Trix überreichte Wiebke eine Visitenkarte. »Mein Name ist Dobbsen. Trix Dobbsen. Gefahr ist mein Geschäft.«

»Pscht!«, zischte die Bibliothekarin uns zu. »Etwas mehr Ruhe bitte!«

»Entschuldigen Sie«, sagte Wiebke leise.

»Mönz!«, machte Fräulein Karnelia.

»Ist das etwa Fräulein Karnelia?«, flüsterte Wiebke.

»Mönz!«

»Spinnst du, die Katze mit hierher zu nehmen? Tiere sind in der Bibliothek bestimmt verboten!« Besorgt sah Wiebke zu der Bibliothekarin hinüber.

»Mö-hönz!«

Ich schmiss Fräulein Karnelia schnell ein paar Kitty-Glitter-Leckerlis in die Tüte. Sofort war sie still. Kurz überlegte ich, ob ich auch Wiebke welche anbieten sollte. Aber ich bezweifelte, dass sie bei ihr so gut wirken würden wie bei der Katze.

»Was machst du denn alleine in der Bibliothek?«, fragte ich stattdessen. »Heißt das, deine Mutter kommt gar nicht?«

»Nein, sie kommt nicht. Weil sie nämlich nicht so blöd ist, auf solche Deppektiv-Tricks reinzufallen.«

»Und warum bist *du* dann hier?«

»Weil ich wissen wollte, wer hinter der anonymen Nachricht im Hotel steckt. Vom Rathausplatz habe ich dann durch das Fenster der Bibliothek gesehen, wie du hier im Sessel hockst und auf deinem Notizblock herumkritzelst.«

Trix hob missbilligend die Augenbraue. Zu Recht. Weil ich zwischendurch das Bilderbuch zur Seite gelegt hatte, waren wir von Wiebke entdeckt worden.

»Ich hatte mir eh schon gedacht, dass die Nachricht von dir ist«, redete Wiebke weiter. Dann stockte sie und wurde unter ihren Sommersprossen rot. Nervös trat sie von einem Bein aufs andere. »Auch ... auch deshalb bin ich hergekommen. Ich wollte mit dir reden. Es ist nämlich so: Irgendwie ... na ja ... irgendwie hattest du doch damit recht, dass meine Mutter mir was verschweigt.«

Ich spürte in meinen Mundwinkeln den Ansatz eines triumphierenden Lächelns und bog sie schnell wieder nach unten. *Streitlust und Rechthaberei sind im Umgang mit Zeugen selten zielführend.*

Wiebke pustete sich eine Locke aus der Stirn. »Gestern Nachmittag ist meine Mutter gleich wieder losgegangen, nachdem wir im Hotel eingecheckt hatten. Ich sollte dort auf sie warten. Das habe ich natürlich nicht gemacht. Ich bin ihr heimlich gefolgt. Sie ist in den Stadtpark gelaufen und hat da hinter alle Büsche geschaut. Und leise ›Schnucki MäcGaffin‹ gerufen. Und eine Karotte hatte sie auch dabei. Das ist sein Lieblingsessen. Es ist offensichtlich: Sie sucht nach Schnucki. Ich versteh nur nicht, warum meine Mutter mir erzählt hat, das Schaf wäre auf Amrum.« Wiebke sah mich traurig an. »Du bist also doch kein kompletter Deppektiv.«

Wiebke so bedrückt zu sehen, dämpfte meine Freude über dieses Kompliment.

»Hast du was über die blonde Frau im Zug herausgefunden?«, fragte sie mich.

»Äh ... woher weißt du von der Frau im Zug?«

Wiebke stöhnte. »Weil *ich* dich auf sie gestoßen habe, falls du dich erinnerst. Die Frau habe ich nämlich vormittags bei uns auf dem Hof gesehen.«

In meinen Notizen setzte ich einen Haken neben eine meiner Hypothesen: Gabriele von Kotzbach ist die Frau, die bei Wiebkes Oma nach Schnucki MäcGaffin gefragt hat.

Dann wandte ich mich wieder Wiebke zu. »Die Frau aus dem Zug scheint tatsächlich in das Verschwinden des Schafs verwickelt zu sein. Sie hat das hier bei euch auf dem Hof verloren, vermute ich.« Zwischen den Seiten des Notizblocks zog ich die Zeitungsseite hervor, die ich auf dem Jansen-Hof sichergestellt hatte. »Schau dir das mal an. Lag auf eurem Misthaufen.«

»Da ist ja Schnucki MäcGaffin drauf! Und: *Stell die Ermittlungen ein. Oder deiner kleinen Freundin geht es schlecht.* Was soll das denn heißen? Seit wann hast du eine Freundin?«

»Ähm, ignorier die rote Schrift erst mal. Lies den Artikel.«

Es war interessant, Wiebkes Gesicht beim Lesen zu beobachten. Zunächst schaute sie skeptisch, dann überrascht und schließlich bestürzt. »Bei Gammlich ist es aufgetaucht? Wieso bei Gammlich? Schnucki sollte doch als einziges Schaf nicht verkauft werden.« Wiebke starrte wütend in die Luft. »Von wegen auf Amrum! Von wegen Inselgras! Meine Mutter hat mich also wirklich angelogen. Sie hat den Zeitungsartikel gefunden und wusste genau, dass Schnucki in Humbug ist.«

Wiebkes Hände verkrampften sich um die Zeitungsseite. Schnell nahm ich ihr das Papier weg, strich es glatt und legte es zurück in meinen Notizblock. »Wäre es möglich, dass deine Mutter Gammlich das Schaf doch geschickt hat?«, fragte ich. »Und dass Schnucki sich auf dem Gammlich-Gelände irgendwie befreien konnte?«

Wiebke dachte nach. Dann schüttelte sie den Kopf. »Nein. Das würde meine Mutter mir niemals antun. Da bin ich ganz sicher.«

»Und könnte Gammlich sich das Schaf vielleicht selbst vom Deich geholt haben?«

Wiebke zog eine ihrer Locken lang und ließ sie zurückspringen. »Das könnte schon eher sein. Er wollte Schnucki MäcGaffin auf jeden Fall sehr gerne kaufen, das weiß ich. Es gehört zu einer seltenen schottischen Rasse.«

»Ähm ... schaut mal!«, flüsterte Trix dazwischen. Sie zeigte auf die Zeitung, die der Mann mit den Hausschuhen las.

Schaf im Shopping-Rausch, stand da in großen Buchstaben. Daneben war ein Foto von einem Schaf zu sehen, das zwischen zwei Ständern mit Unterwäsche hervorschaute.

Wiebke schrie auf und hielt sich schnell die Hand vor den Mund.

Ohne Zweifel: Das war Schnucki MäcGaffin. Es sah reichlich mitgenommen aus. Und es trug seinen Herz-Anhänger nicht mehr.

Wiebke, Trix und ich beugten uns weit zu dem Mann und seiner Zeitung hinüber, um Genaueres zu entziffern.

Schaf im Shopping-Rausch

Humbug. Ein mäh-rkwürdiger Kunde spazierte gestern kurz vor Ladenschluss durch die elektrischen Türen des Humbuger Kaufhauses: ein Schaf. Das Tier sah sich in der Wäscheabteilung um und bog anschließend in die Süßwarenabteilung ab. Als das Sicherheitspersonal die Verfolgung aufnahm, geriet das Schaf in Panik und entkam durch den Haupteingang. Es handelt sich aller Wahrscheinlichkeit nach um jenes Tier, das in Humbug bereits Schlagzeilen machte. Das Schaf ist weiterhin flüchtig. Es besteht noch immer Verdacht auf Tollwut. Sachdienliche Hinweise richten Sie bitte an unsere Redaktion oder an die örtliche Polizei.

Atemlos lasen wir die Nachricht. Dann ließ der Mann die Zeitung sinken, sodass wir plötzlich statt der Buchstaben sein Gesicht vor uns hatten. Durch die dicken Gläser der Brille wirkten seine Augen riesengroß.

Wir schreckten zurück.

»'tschuldigung«, sagte Wiebke.

Der Mann nickte und verzog sich wieder hinter seine Zeitung.

»Mist«, zischte Trix, »wie konnte uns der Artikel entgehen? Ich richte gleich mal einen Suchalarm ein für die Begriffe *Humbug* und *Schaf*.« Sie wischte über ihr Smartphone. »Und wir sollten unbedingt das Kaufhaus aufsuchen. Vielleicht finden wir dort eine Spur von Schnucki MäcGaffin.«

»Einverstanden.« Ich nickte.

»Wir *müssen* Schnucki finden!«, flüsterte Wiebke gehetzt.

Ich versuchte, sie zu beruhigen: »Immerhin beweist der Artikel, dass die Riesenkatze das Schaf gestern nicht erwischt hat, nachdem ich im Hafenbecken gelandet bin. Ladenschluss ist gegen zwanzig Uhr. Da war Schnucki offenbar noch in Freiheit.«

»Riesenkatze? Hafenbecken?« Wiebke sah mich entsetzt an. Das mit dem Beruhigen hatte wohl nicht so ganz geklappt. »Harald? Was ist denn noch alles passiert?«

In kurzen Worten teilte ich ihr mit, was ich erlebt hatte, seit wir in Humbug aus dem Zug gestiegen waren.

Wiebke schüttelte den Kopf. »Die Sache scheint richtig gefährlich zu sein!«

Ich lächelte. »Kein Problem. Gefahr ist …«

Wiebke stöhnte. »Ich weiß, ich weiß. Aber das hier ist ernst. Wenn der Täter bereit ist, dich ins Wasser zu stoßen – wer weiß, wozu er noch imstande ist! Vielleicht sollten wir besser zur Polizei gehen.«

»Nein. Keine Polizei. Das ist *mein* Fall.«

Trix räusperte sich.

»*Unser* Fall«, verbesserte ich mich. »Trix und ich haben die Sache im Griff.«

»Habt ihr nicht«, zischte Wiebke.

»Haben wir wohl.«

»Nein.«

»Wohl doch.«

»Wohl nicht.«

»Wohl doch.«

»Wohl nicht.«

Trix räusperte sich noch einmal. »Wisst ihr was? Während ihr das ausdiskutiert, gehe ich einfach schon mal zum Kaufhaus und suche dort nach Spuren. Wir treffen uns später auf dem Rathausplatz.«

Aus den Augenwinkeln sah ich sie davonschleichen.

»Wohl doch!«, nahm ich das Gespräch mit Wiebke wieder auf.

»Mö-hönz!« Die Katze drehte und wendete sich unruhig in der Papiertüte. Ich hielt die Henkel fest.

»Das ist alles eine Nummer zu groß für euch, Harald«, flüsterte Wiebke.

Ich vergaß meine Detektiv-Regel Nummer 2 und stampfte voller Wut mit dem Fuß auf. Dabei entglitten mir die Henkel, und die Tüte fiel um. »Mönz!« Fräulein Karnelia schoss heraus. Sie zog an der Leine die Tüte mit, die sich dabei umgekehrt über sie stülpte. Doch das hielt Fräulein Karnelia nicht auf. Sie raste davon.

»Huch, was ist das denn?«, kreischte die Bibliothekarin. »Eine … eine laufende Tüte!«

Der elegante Herr faltete seine Zeitung zusammen und stand auf.

»Mö-hönz!«, kam es von irgendwo her.

»Was denn, wo denn?«, riefen die Leute.

Wiebke und ich preschten los, dem Mönzen hinterher. Die Tüte spazierte inzwischen fröhlich auf dem obersten Brett eines Bücherregals entlang. In kürzester Zeit sammelte sich eine Menschenmenge um das Regal. Als wollte sie ihr Publikum beeindrucken, sprang Fräulein Karnelia elegant auf das Regal gegenüber. Die Leine wehte hinter ihr her wie der Schwanz eines Drachens. Dabei fiel die Tüte ab, und die Katze kam zum Vorschein.

»Eine Tü… eine … Tüt…ze … eine Katze in der Bibliothek!«, rief die Bibliothekarin.

Die Tüte segelte zu Boden.

»Hoffentlich erwürgt Fräulein Karnelia sich nicht selbst mit der Leine«, flüsterte Wiebke mir zu. »Das ist gefährlich, was sie da macht.«

»So lassen Sie mich doch durch!« Der elegante Herr schwenkte seine Zeitung. Er schien es plötzlich sehr eilig zu haben.

Die Schaulustigen reagierten nicht. Sie beobachteten gebannt die Katze.

»Miez, miez, miez, Fräulein Karnelia!«, lockte Wiebke.

Die Katze schüttelte den Kopf.

»Ich will hier durch!« Der elegante Mann haute mit der zusammengerollten Zeitung um sich. Sein Gesicht war rot vor Wut.

Die Bibliothekarin stemmte die Hände in die Seiten. »Hören Sie sofort mit dem Schlagen auf, oder ich muss Sie der Bibliothek verweisen.«

Der Herr drohte ihr mit der zusammengerollten Zeitung, doch die Bibliothekarin nahm sie ihm weg. »Also wirklich, helfen Sie uns lieber, die Katze einzufangen.«

»Wenn Sie darauf bestehen.« Er zog einen seiner Hausschuhe aus und warf damit nach Fräulein Karnelia.

Die Katze maunzte laut, sprang vom Regal und raste schnell wie der Blitz zu den elektrischen Türen, die sich gerade für eine Besucherin mit einem großen Bücherstapel öffneten.

»Bitte halten Sie die Katze auf!«, schrie Wiebke.

Doch Fräulein Karnelia war schon nach draußen geflitzt. Der Herr mit den braunen Locken stieß rücksichtslos Leute zur Seite und rannte hinterher. Wir folgten ihm und knallten dabei mit der Frau zusammen, die alle ihre Bücher fallen ließ. Schnell entschuldigten wir uns und rasten nach draußen.

Auf dem Rathausplatz blickten wir uns um. Von der Katze war nichts zu sehen. Von dem eleganten Herrn auch nicht.

 # Kapitel 12

In dem ich nichts gepeilt kriege, einen Kuss erhalte und in Kitty Glitters tiefstes Inneres vordringe.

Wiebke und ich saßen auf dem Rand des Brunnens und ließen die Köpfe hängen, als Trix eine halbe Stunde später zurück zum Rathausplatz kam.

»Was ist denn mit euch los?«, fragte sie.

»Fräulein Karnelia ist weg«, erklärte Wiebke. »Und jetzt kann Harald sich nie wieder bei seiner Großmutter blicken lassen.«

Ich nickte betrübt und stellte mir vor, wie meine Großmutter mich ausschimpfen würde. *Dösbaddel* war noch das harmloseste Wort, das mir einfiel. Aber viel schlimmer als das Geschimpfe war, wie traurig sie sein würde. »Das wird sie mir nie verzeihen«, murmelte ich.

Trix grinste. »Das glaube ich nicht.«

»Doch«, sagte Wiebke. »Du kennst Frau Donnerschlag nicht. Wenn es um die Katze geht, ist sie …«

»Das glaube ich deshalb nicht, weil wir Fräulein Karnelia wiederfinden werden.« Trix holte ihr Mobiltelefon aus der Tasche. »Hallo, Harald!«

»Hallo-Trix-wie-geht-es-dir«, kam meine Stimme aus dem Telefon.

Für diesen Scherz hatte ich jetzt wirklich keine Nerven. »Lass doch, Trix, wir müssen Fräulein Karnelia …«

»Harald, öffne die Peilsender-App.«

»Wird-gemacht-Trix.«

Ich sprang auf. »Peilsender? Du hast doch nicht etwa …«

»… Fräulein Karnelias Leine mit einem Bluetooth-Tracker versehen? Doch, genau das habe ich getan. Gleich wissen wir, wo die Katze sich aufhält. Je näher wir an ihr dran sind, desto lauter und schneller piept es.«

»Und das funktioniert wirklich?«, fragte Wiebke skeptisch.

»Sicher funktioniert das.« Trix tippte auf das Display.

Wir warteten gespannt.

Das Smartphone blieb stumm.

»Äh, Moment.« Trix drehte die Lautstärke hoch.

Nichts war zu hören.

»Mist. Fräulein Karnelia scheint sich nicht mehr im Peilradius zu befinden.«

Ich spürte, wie meine Erleichterung wieder in Panik umschlug. »Wahrscheinlich ist es eh zu spät. Dieser Herr mit den braunen Locken und den Hausschuhen ist ihr nämlich hinterhergelaufen. Vielleicht ist das ein Mitarbeiter von Gammlich, der uns unauffällig nach der Werksführung hierher verfolgt hat. Oder der Mann ist der Katzenentführer.«

»Welcher Katzenentführer?«, fragte Wiebke.

Trix erzählte ihr das Nötigste über den Katzen-Fall.

Wiebke schüttelte entsetzt den Kopf. »Oh nein. Oh nein. Wenn der jetzt Fräulein Karnelia in seiner Gewalt hat, dann …«

»Dieser Pantoffelheld?« Trix lachte verächtlich. »Glaub ich nicht.« Sie hielt uns das Handy hin. »Hier werden Fräulein Karnelias Bewegungen angezeigt, bevor sie den Radius verlassen hat.« Eine rote Linie verlief in wildem Zickzack über die Karte. »So was kann nur eine Katze, kein Mensch kommt da mit.«

Das beruhigte mich ein wenig. Ich stand auf. »Okay. Dann lasst uns mit der Suche beginnen und hoffen, dass wir zufällig in den Peilradius von Fräulein Karnelia gelangen.«

Trix nickte. »Und währenddessen erzähle ich euch, was ich im Kaufhaus in Erfahrung gebracht habe.«

Wir fingen an der Straßenecke an, wo Fräulein Karnelia das letzte Mal von der App erfasst worden war. Von dort zogen wir in immer größeren Kreisen durch die Stadt. Unterwegs berichtete Trix uns von ihren Ermittlungen im Kaufhaus. »Die Verkäuferinnen waren ziemlich redefreudig. Ich glaube, Schnuckis Besuch war eine willkommene Abwechslung für sie. Alles hat sich genau so abgespielt, wie es in dem Zeitungsartikel steht. Nur eins hat die Zeitung nicht erwähnt: dass Schnucki Beute gemacht hat.« Sie holte einen zerdrückten gold-rot glänzenden Schoko-Weihnachtsmann hervor.

»Den hat Schnucki geklaut?« Wiebke nahm Trix den Weihnachtsmann aus der Hand.

»Das hat das Schaf zumindest versucht. Aber als immer mehr Verkäuferinnen hinter ihm herrannten, hat es in Panik seine Beute fallen lassen.«

Wiebke strich über die zerfetzte goldene Folie.

»Vielleicht hatte es Hunger?«, vermutete ich.

Wiebke schüttelte den Kopf. »Schnucki mag doch keine Schokolade.«

»Es geht noch weiter«, sagte Trix. »Die Verkäuferin in der Süßwarenabteilung hat mir etwas höchst Interessantes erzählt. Passt auf: Heute Morgen um zehn hat schon jemand nach dem Schaf gefragt. Ein Typ mit Glatze.«

»Mit Glatze?« Ich kombinierte: »Gustav Gammlich. Er sucht also wirklich nach dem Schaf, genau wie wir es vermutet haben.«

Wiebke blieb stehen. »Das muss ich sofort meiner Mutter sagen! Und ihr suchen helfen. Sonst findet der Gammlich Schnucki noch vor uns. Tut mir leid, dass ich nicht weiter mit euch nach Fräulein Karnelia Ausschau halten kann, Harald.«

Ich winkte ab. »Das Signal finden wir zu dritt ja nicht besser als zu zweit. Es ist sinnvoll, uns aufzuteilen.«

»Wir können uns ja morgen früh gleich wieder am Rathausplatz treffen«, schlug Trix vor.

Wiebke schüttelte den Kopf. »Morgen ist Freitag, da hat meine Mutter vormittags den Termin bei Gammlich. Ich will sie unbedingt begleiten. Falls wir Schnucki und Fräulein Karnelia bis dahin noch nicht wiederhaben, sehe ich mich dort unauffällig nach den beiden um. Und vielleicht kann ich meine Mutter davon abhalten, den Kaufvertrag zu unterschreiben. Unsere Schafe tun mir so leid.«

»Meinst du denn, deine Mutter will eure Schafe noch an Gammlich verkaufen, wenn du ihr alles erzählst, was wir über ihn wissen?«, fragte Trix. »Dass er hinter Schnucki her ist und so weiter?«

»Keine Ahnung. Wir brauchen halt sehr dringend das Geld«, murmelte Wiebke.

Mein Hals kratzte, als hätte ich eine Katze verschluckt. »Ich wünsche dir viel Erfolg, Wiebke.«

»Danke. Das wünsche ich euch auch. Und gebt mir gleich Bescheid, wenn ihr Fräulein Karnelia findet, okay?«

Trix nickte. »Und du meldest dich, wenn ihr Schnucki habt, ja? Für den Fall, dass wir nichts mehr voneinander hören, treffen wir uns morgen Mittag auf dem Rathausplatz.«

Stundenlang liefen Trix und ich durch die Straßen. Stundenlang gab die App keinen Laut von sich. Sogar Trix wirkte zum Schluss nicht mehr ganz so optimistisch.

»Aber morgen werden wir Fräulein Karnelia wieder auftreiben, Harald. Das verspreche ich dir. Kopf hoch.« Trix nickte mir aufmunternd zu.

Doch mein Kopf fühlte sich so schwer an, als würde mein Hut zwei Zentner wiegen.

Es war seltsam, in der Nacht ohne Fräulein Karnelia in dem riesigen Himmelbett zu liegen. Die roten Kitty-Glitter-Scheinwerfer zeichneten durch die Vorhänge wilde Muster an die Zimmerwand. Heute blinkten sie in einem beunruhigenden schnellen Rhythmus.

In meinem Kopf schlugen die Selbstvorwürfe Purzelbäume. Es war *mein* Job gewesen, auf die Katze aufzupassen. Ich hatte versagt. Wo Fräulein Karnelia jetzt wohl war? Vielleicht erkundet sie einfach alleine Humbug, versuchte ich mich zu beruhigen. Doch sofort erschien vor meinem inneren Auge das Bild des Mannes mit den braunen Locken in der Bibliothek. Hatte er Fräulein Karnelia erwischt? Wer war der Typ überhaupt? Handelte er im Auftrag Gustav Gammlichs? Wenn die Katze in den Händen meines Gegners war und er seine Drohung wahr machte, ging es der Katze jetzt »schlecht« – was auch immer das hieß. Ich wollte es mir lieber gar nicht vorstellen. Oder aber der Locken-Mann war der Katzenentführer, und dann erging es der Katze sicher nicht viel besser.

Von Wiebke hatten wir auch nichts gehört. Also schwebte Schnucki MäcGaffin ebenfalls noch in Gefahr. Vielleicht machte Gustav Gammlich längst Katzenfutter aus dem Schaf. Ob ich die Wette mit meiner Oma gewann oder verlor, war mir mittlerweile schon ganz egal. Hauptsache, den Tieren passierte nichts.

Lange wälzte ich mich hin und her.

Am Morgen wachte ich zerschlagen auf. Beim Frühstück bekam ich kaum einen Bissen herunter.

Trix hingegen war voller Tatendrang. »Ich schlage vor, dass wir uns heute ganz auf Fräulein Karnelia konzentrieren«, verkündete sie. »Sicher erwischen wir die Katze und können uns dann morgen wieder der Suche nach Schnucki MäcGaffin widmen.«

»Wenn du meinst«, murmelte ich. Ich glaubte nicht daran, dass wir Fräulein Karnelia so schnell finden würden.

Und tatsächlich: Den ganzen Vormittag suchten Trix und ich vergeblich.

Mittags trafen wir uns mit Wiebke am Brunnen vor dem Rathaus.

»Und?« Wiebke sah uns hoffnungsvoll an.

Ich schüttelte nur traurig den Kopf.

»Und bei dir?«, fragte Trix zurück.

Ein kleines Lächeln erschien auf Wiebkes Gesicht. »Gute und schlechte Neuigkeiten, würde ich sagen. Die guten: Meine Mutter hat den Vertrag bisher nicht unterschrieben. Und wir haben uns gestern Nachmittag ausgesprochen. Zuerst wollte sie mir nichts sagen, sie meinte, das wäre besser für mich. Aber ich habe darauf bestanden. Und dann hat sie mir endlich alles erzählt: Als Schnucki am Dienstagmorgen nicht mehr auf dem Deich stand, hatte sie genauso wenig eine Idee wie ich, wo das Schaf sein könnte. Am Mittwochvormittag hat sie dann die Zeitungsseite bei uns auf dem Hof gefunden. Sie ist fast in Ohnmacht gefallen: Schnucki MäcGaffin bei Gammlich! Und Verdacht auf Tollwut! Damit Oma und ich uns keine Sorgen machen, hat sie einfach schnell behauptet, ihr wäre gerade wieder eingefallen, dass Schnucki ja auf Amrum sei. Und dann ist sie nach Humbug gefahren, um Schnucki zu suchen. Leider hat sie bisher keine Spur von dem Schaf finden können.«

Wiebke seufzte tief. »Ich habe ihr berichtet, was ihr alles herausgefunden habt. Und sie hat mir geglaubt. Gestern haben wir dann zusammen weiter nach Schnucki gesucht, aber vergeblich. Und dann sind wir heute Vormittag zu Gammlich gegangen und haben so getan, als wäre nichts. Wir dachten, dass wir so am ehesten was über Schnucki MäcGaffin oder Fräulein Karnelia herausfinden können. Haben wir aber nicht.«

»Und wie ist es dir gelungen, deine Mutter von der Unterschrift abzubringen?«, fragte Trix.

»Das musste ich gar nicht. Wisst ihr, was der Gammlich gemacht hat?«

Trix und ich schüttelten die Köpfe.

»Er hat versucht, den Preis für unsere Schafe herunterzutreiben. Weil ja ständig was über Schnuckis seltsames Verhalten in der Zeitung stehe und er angeblich nicht sicher sein könne, dass nicht unsere ganze Herde tollwütig ist.«

»Aha«, sagte Trix, »das ist ein anderes mögliches Motiv. Vielleicht hat Gustav Gammlich Schnucki entführt und bringt es irgendwie dazu, sich so komisch zu benehmen. Damit er den Preis für die Herde drücken kann.«

»Oder aber er nutzt einfach nur die Situation aus«, wandte ich ein.

Wiebke seufzte noch einmal. »Das Gute daran ist jedenfalls, dass der Verkauf noch nicht abgeschlossen wurde und die Tiere nicht gleich zum Schlachter müssen. Andererseits ist meine Mutter total verzweifelt. Sie hat Angst, dass der Gammlich jetzt gar nicht kauft.«

»Deine Mutter will nach wie vor an Gammlich verkaufen?« Ich konnte das nicht verstehen. »Obwohl er vermutlich Schnucki MäcGaffin jagt?«

»Letztlich spielt das keine Rolle«, sagte Wiebke. »Wir brauchen das Geld dringend. Da kann meine Mutter nicht wählerisch sein.«

Eigentlich war in meinem Kopf ja für keinen anderen Gedanken Platz als *Wo ist Fräulein Karnelia?*, trotzdem kam mir eine Idee.

»Du, Wiebke«, sagte ich, »Trix und ich ermitteln ja in dem Katzen-Fall.«

Wiebke nickte ernst. »Ich hoffe sehr, dass Fräulein Karnelia nicht von diesem Entführer geschnappt wurde.«

»Ja, ich auch, aber das meine ich jetzt nicht. Der Verein *Katzenfreunde e. V.* hat eine Belohnung ausgesetzt. Falls wir den Fall lösen … also … ich würde euch gerne meine Hälfte von dem Geld geben. Vielleicht braucht ihr die Schafe dann gar nicht zu verkaufen.«

»Echt?«

»Echt.«

»Wirklich?«

»Wirklich. Du musst nur versuchen, deine Mutter möglichst lange von der Unterschrift bei Gammlich abzuhalten.«

Wiebke gab mir einen Kuss auf die Wange.

»Und meine Hälfte spende ich auch«, sagte Trix.

Ich hatte Wiebke noch nie so strahlen sehen. Und immerhin kannte ich sie schon seit dem Kindergarten.

»Ich schreib das schnell meiner Mutter«, sagte sie und zog ihr Mobiltelefon heraus. »Und dann finden wir Fräulein Karnelia!«

Ich spürte den Kuss noch auf der Haut. Plötzlich erschien es mir gar nicht mehr so unwahrscheinlich, dass wir die Katze wirklich zurückbekommen würden.

Doch fünf Stunden später hatten wir das Peilsignal immer noch nicht geortet. Der Kussabdruck auf meiner Wange verblasste langsam. Mein Herz wurde wieder schwer.

Wiebke musste zurück zu ihrer Mutter ins Hotel.

Nachdem wir uns von ihr verabschiedet hatten, sagte Trix: »Wir sollten für heute Schluss machen. Die Definition von Wahnsinn ist, immer wieder das Gleiche zu tun und andere Ergebnisse zu erwarten. Das soll angeblich Einstein gesagt haben. Ich glaube, wir müssen unsere Strategie überdenken. Es ist ja auch schon spät.«

Erschöpft schob ich meinen Hut hoch. »Nein. Wir sollten wenigstens noch mal zum Gammlich-Gelände gehen. Immerhin ist Gustav Gammlich unser Hauptverdächtiger.«

»Eigentlich kann ich nicht mehr. Aber okay.« Trix schlurfte neben mir her.

Nach einem schier endlosen Fußmarsch standen wir vor dem Werkstor. Auf dem Gelände war es finster. Nur die Augen der Statue strahlten gleichmäßig in die Dunkelheit.

Trix schaute durch den Zaun. »Hier ist sie ni…«

»Pscht!«, fiel ich ihr ins Wort. Ich hatte etwas gehört.

Ein sehr, sehr leises Piepen.

»Schau doch mal in die Peil-App, Trix!«

Piep, machte es. *Piep, piep, piep.*

Trix holte ihr Handy aus der Tasche und wischte darüber. Das Piepen wurde lauter und schneller.

Ich riss ihr das Telefon aus der Hand. Auf dem Display war ein roter Punkt zu sehen. »Das Signal kommt vom Werksgelände!« Ich rüttelte am Tor, doch es war verschlossen.

»Mist«, fluchte Trix. »Wir müssen da irgendwie reinkommen. Der Zaun ist ganz schön hoch. Am besten drehen wir eine Runde um das Gelände und schauen nach einer Stelle, an der man drüberklettern oder vielleicht unten durchkriechen kann.«

Ich folgte Trix, obwohl ich ja eigentlich auf der Seite des Gesetzes stehe und Einbrüche ablehne. *Ein Detektiv handelt niemals ungesetzlich*, lautet meine Detektiv-Regel Nummer 17. *Außer, die Umstände erfordern es*, ergänzte ich im Kopf. Immerhin ging es hier um Fräulein Karnelia.

»Sag mal, wurde in diesem Zeitungsartikel nicht erwähnt, wann der Wachmann seine Runde macht?«, fragte Trix, während wir gebückt am Zaun entlangschlichen.

Vor meinem geistigen Auge ließ ich den Artikel Revue passieren. »Ja. Immer zur vollen Stunde.«

Trix sah auf die Uhr. »Zwanzig Uhr dreißig. Perfekt. Er geht erst in einer halben Stunde wieder los.« Sie zeigte auf eine große Kuhle am Fuße des Zauns. »Schau mal, an dieser Stelle kommen wir vielleicht durch. Da haben sicher mehrere Tiere dran gegraben. Wühlmäuse, Füchse, Dachse. Aber wir können uns jetzt leider nicht bei jedem einzeln bedanken. Pass auf, unten ist Stacheldraht angebracht.« Mit diesen Worten kroch sie unter dem Zaun hindurch.

»Trix, lass uns lieber erst einen Plan …«

»Erste!«, rief Trix.

Damit das Piepen der App uns nicht verriet, stellte ich Trix' Smartphone auf lautlos und krabbelte ihr nach.

Plötzlich hing ich fest. Ein lautes Ratschen ertönte.

»Pscht!«, machte Trix.

Ich rappelte mich auf und klopfte den Staub von meinem Mantel. »Mist. Da ist hinten was abgerissen!«

Vorsichtig pflückte Trix ein paar kleine Stofffetzen vom Stacheldraht. »Viel ist ja nicht abgegangen, das kann man sicher wieder zusammennähen. Moment mal, was hängt denn da noch?« Sie hielt mir ein Büschel grauer Wolle hin. »Ist das die Fellfarbe von Schnucki MäcGaffin?«

Ich nickte. »Das passt. Auf diesem Weg ist das Schaf also Montagnacht vom Gelände entkommen.« Die Wolle steckte ich zusammen mit den Mantelfetzen in die Tasche, sie war schließlich ein Beweisstück.

Trix nahm mir ihr Mobiltelefon ab und schaute auf das Display. »Komm, das Signal wird noch stärker.« Geduckt schlich sie los.

Ich folgte ihr.

Vor der Statue blieb sie stehen. »Fräulein Karnelia muss genau hier sein.«

Ich sah mich um. »Aber wo? Vielleicht in der Statue drin?«

Trix starrte auf das Display. »Also, wenn ich nicht wüsste,

wie präzise der Tracker ist, würde ich es nicht glauben. Wie kann sich die Katze *in* der Statue befinden?«

Ich klopfte an Kitty Glitters Bein. Man hörte ein hallendes, metallisches Geräusch. »Scheint hohl zu sein. Also ist es theoretisch möglich, dass Fräulein Karnelia sich darin aufhält. Aber wie ist sie da bloß reingekommen?« Ich tastete den Fuß der Statue ab. »Hier ist keine Öffnung erkennbar.«

Trix schaute an der Statue hoch. »Möglichweise gibt es oben eine. Steh du Schmiere, ich schaue nach.«

»Nein. *Ich* schaue nach. Fräulein Karnelia ist *meine* Verantwortung.« Entschlossen krempelte ich die Ärmel meines Mantels hoch, spuckte in die Hände und begann mit dem Aufstieg.

Zunächst fand ich keinen Halt und rutschte immer wieder herunter.

»Nicht trödeln, Harald!«, zischte Trix mir zu.

»Ich trödele nicht!«

Mit Händen und Füßen suchte ich nach Vorsprüngen, an denen ich mich abstützen und hochziehen konnte. Als ich es schon aufgeben wollte, ertastete ich über mir, ungefähr auf der Höhe meines Hutes, eine breite Einkerbung. »Trix«, rief ich leise, »komm mal!«

Mit Trix' Händen als Räuberleiter gelang es mir, mich hochzustemmen. Ich landete auf einem schmalen Absatz, der in die Rückseite der Statue eingelassen war. Es handelte sich um eine Art Stufe! Und nach der Stufe kam noch eine Stufe und dann noch eine … Jetzt wurde der Aufstieg zum Kinderspiel. Die Stufen führten wie eine Treppe nach oben. Ich bewunderte den Künstler, der die Statue geschaffen hatte. Die Stufen waren so gut in ihre Form hineingearbeitet, dass man sie erst als Treppe erkannte, wenn man darauf stand. Während des Anstiegs fühlte ich immer wieder nach einer Öffnung, konnte aber nichts finden.

Schließlich erreichte ich die Spitze. Von hier oben hatte man einen guten Blick über das Werksgelände. Ich sah mir die flachen Bauten an, die wie ein Schuhkarton dem anderen glichen. Das Gelände war viel weitläufiger, als ich gedacht hatte.

Konzentriert suchte ich weiter nach einer Öffnung. Und tatsächlich: Als ich zwischen die Ohren der Katze drückte, gab ihre Schädeldecke nach, und ich blickte in das finstere Innere der Statue. Fast wäre ich vor Schreck hineingefallen. Gerade noch rechtzeitig konnte ich mich an einem von Kitty Glitters Ohren festhalten. Ich zog die Hand wieder aus der Öffnung heraus, und die Stelle schloss sich. Ich drückte darauf – sie ging auf. Ganz klar: So musste Fräulein Karnelia hineingelangt sein. Der Mechanismus sorgte dafür, dass ein Gewicht – wie eben das der Katze – die große Klappe herunterdrückte.

Ich fasste das rechte Ohr der Statue fester und lehnte mich weit in die Öffnung hinein. Mit der Taschenlampe meines Mobiltelefons leuchtete ich ins Innere. Doch auch im strahlenden Licht des Displays war nichts zu sehen.

Ich beugte mich tiefer hinunter.

Mein Telefon vibrierte. Vor Schreck ließ ich es fallen. Mit beiden Händen griff ich danach und …

… verlor den Halt.

Ich stürzte durch die Öffnung. Steif vor Schreck und Überraschung, glitt ich kopfüber eine Rutsche hinunter. Sie wand sich in Kurven durch das Innere der Statue wie eine Wasserrutsche im Freibad. Ich hielt den Atem an. Wer hatte die Rutsche hier eingebaut? Was würde mich unten erwarten? Wie würde ich …?

Boing!

Hart schlug ich unten auf. Ein Bauchklatscher war nichts dagegen. Ich schien auf einer Art Turnmatte oder Matratze gelandet zu sein. Für einen Moment lag ich benommen da. Um mich herum war es kalt, stockfinster und stank nach Katzenklo.

Wo war ich? Panik schlug über mir zusammen wie eine Welle bei Sturmflut. Denk an Regel Nummer 2, Harald, sagte ich mir. Das beruhigte mich.

Auf allen vieren tastete ich mich vor, bekam meinen Hut zu fassen und platzierte ihn dort, wo er hingehört. Augenblicklich fühlte ich mich besser. Voll neuer Energie sprang ich auf die Füße. Es gab ein knirschendes Geräusch. Ich bückte mich. Mein Handy! Vorsichtig fuhr ich mit dem Finger darüber. Das Display war zersplittert, aber es wurde hell. *Magnus*, stand da.

Das musste die Nachricht sein, die vorhin vibriert hatte. Ich tippte darauf.

Tut mir leid, dass ich gestern am Telefon so blöd zu dir war. Sei nicht böse, ich stecke bis zum Hals in dem Schmuck-Fall. Ein Detektiv hat eben selten Zeit. Magnus.

Trotz meiner Lage musste ich lächeln. *Bis zum Hals* – da hatte ich Magnus dann wohl endlich mal übertroffen. Tiefer als ich gerade konnte ein Detektiv gar nicht in einem Fall stecken.

Mit dem Mobiltelefon leuchtete ich meine nähere Umgebung ab. Über mir wölbte sich die hohle Statue wie die Kuppel einer Kathedrale. Die Rutsche wand sich darin in steilen Kurven nach oben.

Ich überlegte: Ob es möglich war, die Rutsche hinaufzulaufen? Vielleicht.

Ich hielt mich mit beiden Händen an der Rutsche fest, setzte vorsichtig einen Fuß darauf … und knallte auf die Nase. Einen Moment blieb ich ruhig liegen und spürte dem Schmerz nach. Dann rappelte ich mich auf.

Eins war jetzt klar: Ich brauchte dringend Verstärkung. Schnell wählte ich auf meinem Handy Trix' Nummer.

Keine Netzverbindung, wurde mir trocken mitgeteilt.

Entsetzt ließ ich mich auf die stinkende Matratze fallen. So langsam wurde mir meine Lage bewusst. Sie war so rosig wie die Schnauze eines Schweines, das ausgiebig im Dreck gewühlt hat. Ich steckte mein Handy in die Manteltasche. Sicher würde Trix sich irgendwann wundern, wo ich blieb, und mich befreien.

Für ungefähr dreißig Sekunden war ich voller Hoffnung.

Dann fiel mir eine Katze auf den Kopf.

 # Kapitel 13

In dem es Katzen regnet, wir eine Theorie entwickeln und ich mich bei der Handarbeit entspanne.

Einmal mehr leistete mein Hut mir gute Dienste. Er federte den Aufprall der Katze ab.

»Maunz!«, rief sie empört.

Ich fand das nicht angemessen. Immerhin war *sie* auf *meinem* Kopf gelandet und nicht umgekehrt. Zusammen mit meinem Hut glitt sie von mir herunter. Bevor ich ihn wieder aufsetzen konnte, landete schon die nächste Katze auf mir und krallte sich an meiner Kopfhaut fest. Ein Detektiv kennt ja eigentlich keinen Schmerz. Doch dieser Schmerz sagte mir so deutlich *Guten Tag*, dass ich seine Bekanntschaft nicht ausschlagen konnte. Ich schrie leise auf und pflückte die Katze von meinem Kopf. Sie fauchte mich an. Etwas spät wurde mir klar, dass ich auf einem strategisch sehr ungünstigen Platz saß. Im letzten Moment rückte ich zur Seite, sodass die nächste Katze nicht auf meinem Kopf, sondern direkt neben mir aufkam.

Und so ging es im Sekundentakt weiter. Im Mondschein, der durch die offene Klappe fiel, sah ich eine Katze nach der anderen die Rutsche heruntergleiten. Ich zog mich in eine dunkle Ecke des Raumes zurück und harrte der Dinge, die da kommen würden. Die Katzen maunzten laut herum. Sie klangen aufgeregt und erwartungsvoll.

Schließlich versiegte der Katzenstrom. Es wurde still. Die Öffnung im Kopf der Statue schloss sich endgültig. Dunkelheit erfasste den Raum.

Dann waren leise Geräusche zu vernehmen. Das Summen eines Elektromotors?

In der Mitte des Raumes fuhr etwas aus dem Boden: ein golden leuchtendes Podest mit mehreren Ebenen. Es war geformt wie eine riesige Torte.

Die Katzen schienen den Atem anzuhalten. Ich machte mit.

Der Tortendeckel öffnete sich.

Kitty Glitter stand vor uns. Ihre Augen blinkten rot.

Ein Raunen ging durch die Katzenmenge. Für einen Moment war ich überzeugt, dass Kitty Glitter keine Werbefigur war, sondern tatsächlich lebte: eine menschengroße Katze mit roten Leuchtaugen!

Doch dann wurde mir klar: Es handelte sich natürlich um einen Menschen im Katzenkostüm. Nur: um wen? War es Gustav Gammlich?

Kitty Glitter ließ ihren Blick durch den Raum schweifen, sodass der rot blinkende Schein ihrer Augen mal diese, mal jene Ecke beleuchtete. Ich drückte mich an die kalte metallene

Wand und hoffte, von dem Licht nicht getroffen zu werden. Es erschien mir, als würde mein Herzschlag in der hohlen Statue widerhallen. Kitty Glitters Augen begannen, in einem schnelleren Rhythmus zu pulsieren. In dem flackernden roten Licht entdeckte ich einen Sack in ihren Pfoten.

Eine nach der anderen bestiegen die Katzen nun das Podest. In ihren Mäulern trugen sie glitzerndes und funkelndes Zeug. Die Sachen warfen sie in Kitty Glitters Sack. Jede Katze, die etwas abgeliefert hatte, hockte sich danach auf die Podest-Torte. Leises Schmatzen ertönte.

Auf einmal roch ich es: Das war der unverkennbare Duft von Kitty-Glitter-Futter.

Die Katzen maunzten begeistert. »Maunz! Maunz, maunz, MAUNZ, maunz! Mönz!«

Mönz? Das Blut gefror mir in den Adern wie Wassereis im Tiefkühlfach. Das musste Fräulein Karnelia sein! Ich war in noch größerer Gefahr, als ich angenommen hatte. Wenn Fräulein Karnelia mich entdeckte, würde sie zu mir laufen und mich stürmisch begrüßen. Und dann war ich geliefert. Mein Herz klopfte, als wollte ein Bauarbeiter mit einem Presslufthammer meinen Brustkorb abreißen.

Doch Fräulein Karnelia bemerkte mich nicht. Sie bestieg das Podest. Im Maul hatte sie einen kleinen goldenen Kerzenständer, den sie Kitty Glitter gab. Anschließend setzte Fräulein Karnelia sich neben eine weiße Perserkatze mit grünen Augen und fing genüsslich an zu fressen. War das vielleicht Miss Moneypenny? Genau wie die übrigen Katzen waren die beiden vollkommen auf Kitty Glitter und das Futter fixiert. Sie schienen gar nichts anderes wahrzunehmen.

Schließlich hatten alle Katzen aufgefressen und sprangen von dem Podest herunter. Die Torte senkte sich zurück in den Boden – und Kitty Glitter mit ihr.

Es wurde wieder stockfinster.

Die Katzen verhielten sich jetzt sehr ruhig. Sie schienen sich an einem Punkt im Raum zu versammeln. Erneut war ein leises Summen zu hören.

Ich nahm all meinen Mut zusammen und leuchtete mit meinem Mobiltelefon. Hoffentlich war Kitty Glitter wirklich weg. Im Licht des Displays sah ich, dass die Katzen mit einer Art Lastenfahrstuhl abwärts fuhren. Genau wie Kitty Glitters Podest senkte er sich in den Boden und lieferte die Katzen unten ab. Dann kam er wieder hoch und holte die nächsten. Ich kombinierte: Der Lift wurde durch eine Lichtschranke aktiviert. Es musste sich um infrarotes Licht handeln, das für das menschliche Auge unsichtbar ist, denn ich konnte nichts davon sehen.

Schließlich waren alle Katzen unten, und der Lift blieb oben. Ich horchte. Nichts war zu hören. Konnte ich es riskieren, auch mit dem Lift hinunterzufahren? Womöglich lief Kitty Glitter noch irgendwo da unten herum. Aber es war vielleicht meine einzige Chance, hier rauszukommen.

Also suchte und fand ich meinen Hut, setzte ihn auf und leuchtete den Fahrstuhl an. Schon wollte ich einsteigen, da fiel mein Blick auf einen Schalter. Es waren kleine weiße Pfeile darauf abgebildet. Einer wies nach oben, einer nach unten. Ich zögerte. Wenn ich den Schalter umlegte, brachte mich der Lift vielleicht nach oben zur Öffnung im Kopf der Statue. Aber falls die Person in dem Kitty-Glitter-Kostüm sich noch in der Nähe aufhielt, würde ihr meine Fahrt bestimmt auffallen. Egal, ich musste es riskieren. Kurz entschlossen betätigte ich den Schalter und stellte mich auf den Lift.

Es klickte leise, und er fuhr los … aufwärts!

Innerlich triumphierte ich.

Einen Moment später erreichte ich die Spitze der Statue. Mit den Händen ertastete ich eine Klappe, die sich nach außen hin aufdrücken ließ.

Es muss ein seltsamer Anblick gewesen sein, wie mein Hut aus dem Katzenkopf der Statue auftauchte. Trix ließ jedenfalls alle Vorsicht fahren. »Harald!«, rief sie, »Harald! Du lebst!«

Vorsichtig stieg ich die Stufen der Statue herunter.

Als ich unten angekommen war, umarmte Trix mich so stürmisch, dass mir der Hut vom Kopf fiel.

»Ich bin so froh, dass dir nichts passiert ist!« Dann ließ sie mich schnell los. »Äh, ich meine: Gut, dass ich dich gefunden habe.«

Wie ein Wasserfall redete sie weiter. »Als du in die Statue

gestürzt bist, wollte ich gleich hinterher. Aber dann habe ich jemanden in den Schuppen am Katzenfutterbrunnen verschwinden sehen. Ich bin ganz leise hingeschlichen, habe durch einen Türspalt reingelugt und gerade noch mitbekommen, wie eine Kitty Glitter durch eine Falltür im Boden verschwunden ist.«

Trix nagte so wild an ihrem Daumennagel, als wollte sie ihn zum Abendessen verspeisen.

»Und dann fingen die Augen der Statue an, sehr schnell zu blinken. Ich bin in den Schuppen reingeschlüpft. An der Wand hingen nur noch zwei Katzenkostüme, oder besser gesagt: eineinhalb. Bei einem fehlt ja der Kopf. Jedenfalls bin ich der Kitty Glitter gefolgt, durch mehrere dunkle Kellerräume. Wenn ihre Augen nicht so rot geleuchtet hätten, wäre sie mir glatt entkommen, so finster, wie es da unten ist.

Sie ist dann in eine Art leuchtende Torte gestiegen und hochgefahren. Als sie weg war, hab ich mich noch ein bisschen umgesehen. Harald, da ist ein Raum voller Schmuck und Juwelen! Fräulein Karnelias Katzenleine habe ich dort auch entdeckt. Und eine Rolle Alufolie. Außerdem gibt es unten vier oder fünf Katzen-Zimmer. Überall liegen Katzenkissen auf dem Boden, und in der Mitte jedes Zimmers steht jeweils eine kleine Kitty-Glitter-Statue. Es sah irgendwie gemütlich aus. Und gleichzeitig ziemlich unheimlich.

Und, was hast du erlebt? Wie bist du denn wieder rausgekommen aus der Statue?«

Ich atmete tief durch. Diese Riesenportion Fakten musste ich erst mal verdauen. »Ich bin mit einem Katzen-Fahrstuhl hochgefahren«, erklärte ich dann. »Der hat die Katzen runtergebracht und mich rauf.«

»Katzen-Fahrstuhl?«, fragte Trix.

»Erklär ich dir gleich.« Ich sah mich um. »Bist du sicher, dass Kitty Glitter weg ist?«

Trix schüttelte den Kopf. »Wir sollten schnellstens verschwinden. Der Wachmann wird sicher auch bald seine nächste Runde drehen.«

Auf dem Weg nach Hause berichtete ich Trix, was ich im Inneren der Statue erlebt hatte.

Trix atmete hörbar ein. »Fräulein Karnelia war da? Und Miss Moneypenny auch? Bist du sicher?«

Ich überlegte. »Bei Fräulein Karnelia: Ja. Im Fall von Miss Moneypenny nicht so ganz. Ich habe eine weiße Perserkatze gesehen.«

Trix seufzte. »Sicher war das meine Moneypenny. Also ist sie am Leben. Wie wirkte sie denn? Geht es ihr gut?«

Ich dachte an das zufriedene Schmatzen, mit dem die Statue erfüllt gewesen war. »Zumindest klang es so. Aber die Tiere liefern schließlich Schmuck und andere Wertgegenstände bei Kitty Glitter ab. Das ist ja kein sehr typisches Verhalten für eine Katze. Irgendwas stimmt mit ihnen also nicht.«

»Es ist echt unglaublich«, flüsterte Trix empört.

Da musste ich ihr zustimmen. »Jetzt wissen wir, warum Fräulein Karnelia so brav an der Leine gegangen und an dir hochgesprungen ist: weil an der Handschlaufe diese glitzernden Strasssteine sind. Sobald die Katze Gelegenheit dazu hatte, ist sie damit abgehauen, um das Ding bei Kitty Glitter abzugeben.«

Trix nickte. »Und die Sache mit dem Kronleuchter ergibt plötzlich auch Sinn. Den wollte Fräulein Karnelia wahrscheinlich ebenfalls zu Kitty Glitter schleppen. Und Miss Moneypenny hat unsere Silberlöffel gestohlen. Und die Alufolie. Also schickt Kitty Glitter die Katzen auf Diebestour. Aber wie? Ich meine, Katzen sind wirklich eigenwillig. Die gehen nicht für irgendwen klauen, nur weil der nett darum bittet.«

»Es sei denn, sie werden mit Kitty-Glitter-Futter belohnt«, warf ich ein.

Trix blieb stehen. »Harald, das ist es. Hat Fräulein Karnelia jemals Kitty Glitter gefressen, bevor ihr zu mir gekommen seid?«

»Nein, meine Großmutter gibt ihr immer irgend so ein Futter aus einem grünen Karton.«

»Aha. Und die Katze hat sich erst so seltsam verhalten, nachdem sie bei mir zu Hause Kitty Glitter gefressen hatte. Es ist also das Futter.«

»Du meinst, das Futter ist manipuliert?«

Trix nickte. »Ja, genau. Es macht die Katzen zu Dieben. Es sorgt dafür, dass sie alles heranschleppen, was glitzert und funkelt. Also ist wirklich Gammlich der Täter.«

»Natürlich. Er hat die Gelegenheit, er hat die Mittel, und er hat ein Motiv!« Meine Stimme hallte von den Häusern wider.

Trix sprach plötzlich sehr leise. »So ist es. Gustav Gammlich hat jede Gelegenheit, das Futter zu manipulieren. Schließlich gehört ihm der Betrieb. Er hat auch die Mittel, denn er ist Lebensmittelchemiker. Er muss auf eine Substanz gestoßen sein, die Katzen zu diebischen Elstern macht. Vielleicht will er dafür auch Schnucki MäcGaffin haben. Weil diese seltene schottische Schafsrasse irgendwas enthält, das er für seine Giftmischerei braucht. Und das Motiv?«

Ich zuckte die Achseln. »Er ist ja sehr geizig. Also vielleicht … Habgier.«

»Das könnte passen«, murmelte Trix. »Vielleicht ist er auf diese Weise an den Ring von deiner Klientin Frau Aus dem

Moore gekommen. Eine Katze aus eurem Dorf muss ihm den gebracht haben.«

»Ja, wahrscheinlich. Frau Aus dem Moore selbst hat zwar keine Katze, aber sie sagte, dass bei ihr das Fenster offen stand und der Ring auf dem Fensterbrett lag. Den kann sich jede Katze gegriffen haben.« Dann kamen mir Zweifel: »Ruckelnsen ist aber dreißig Kilometer von Humbug entfernt. Würde eine Katze wirklich so weit laufen?«

Trix zupfte an ihrer Fliege. »Na ja, die Gammlich-Werke liegen ja vor der Stadt in Richtung Ruckelnsen, es sind also wahrscheinlich eher fünfundzwanzig Kilometer. Und die Katze müsste eigentlich immer nur geradeaus die Ruckelnser Landstraße entlanglaufen. Trotzdem: Woher kennt sie den Weg?«

Plötzlich sah ich vor meinem inneren Auge das rote Leuchten zu Hause über dem Deich. »Die Schweinwerfer! Du hast doch gesagt, die hätten vorhin schnell geblinkt, als ich in der Statue drin war, oder?«

»Ja, genauso war es. Du meinst, die Statue ruft die Katzen durch das schnelle Blinken? Das ist möglich. Aber woher wissen die Katzen, dass sie dem Licht folgen sollen? Wird ihnen das auch durch das Futter übermittelt?«

Ich schob meinen Hut hoch. Trotz der kalten Nachtluft schwitzte ich. »Hm. Wahrscheinlich kann uns das nur Gustav Gammlich selbst erklären. Am besten rufen wir die Polizei. Der Keller voller Beute ist ja Beweis genug.«

Trix kaute aufgeregt an ihren Fingernägeln. »Aber wie sollen wir denn begründen, warum wir von der Beute wissen? Da müssen wir ja zugeben, dass wir auf das Gammlich-Gelände eingedrungen sind.«

Ich dachte nach. »An der Leine befindet sich doch noch der Peilsender. Wir zeigen der Polizei einfach das Signal – und das führt direkt in den Keller.«

»Das belegt aber nur, dass der Dieb die Sachen dort versteckt hat«, wandte Trix ein, »nicht, dass Gustav Gammlich der Schuldige ist. Besser, wir besorgen erst einen ultimativen Beweis, der Gammlich klar überführt. Anschließend gehen wir zur Polizei.«

In meinem nass geschwitzten Mantel wurde mir kalt. »Und was soll das bitte schön sein – ein ultimativer Beweis?«

Eine Weile liefen wir schweigend durch die Dunkelheit.

»Wir nehmen meine Nachtsichtkamera«, sagte Trix schließlich. »Mit der kann man im Dunkeln filmen. Damit steigen wir morgen Abend in die Statue, bevor Kitty Glitter da ist. Ich filme, wie die Katzen kommen und ihr die Beute bringen. Und danach überwältigen wir das Riesenvieh, nehmen ihm die Katzenmaske ab und: ta-da! Gustav Gammlich ist entlarvt.«

»Heimlich gemachte Filmaufnahmen sind aber vor Gericht nicht zugelassen«, gab ich zu bedenken.

»Dann konfrontieren wir Gammlich eben mit den Aufnahmen. Wenn er sie sieht, gesteht er alles, wetten?«

Ich schwieg. Ehrlich gesagt war ich trotz meiner Detektiv-Regel Nummer 15 nicht gerade scharf darauf, noch mal in die Statue zu steigen und auf die unheimliche Kitty Glitter zu treffen.

»Oder hast du Angst, noch mal in die Statue zu steigen?« Trix sah mich von der Seite an.

Ich lachte. »Angst? Na, hör mal, Gefahr ist …«

»… unser Geschäft. Genau. Also filmen wir morgen in der Statue, okay?«

Ich nickte. »Okay.«

Zu Hause drückte Trix dem Butler meinen Mantel in die Hand. »Meinen Sie, man kann da noch was machen, Ortlieb?«

Der Butler nickte. »Öber natörlich. Ich höle dem jöngen Herrn söfört Nödel önd Föden.«

Eigentlich hatte ich den Rest des Abends nicht mit Handarbeiten verbringen wollen. Doch es blieb mir wohl nichts anderes übrig. Bevor ich mit dem Nähen anfing, holte ich meinen Notizblock heraus und schrieb die neuen Erkenntnisse auf:

23. Fräulein Karnelia ist uns in der Stadtbibliothek abhandengekommen. Möglicherweise ist ihr ein Mann mit braunen Locken und dicken Brillengläsern gefolgt.

24. Schnucki MäcGaffin ist in ein Kaufhaus eingedrungen und hat einen rot-golden glänzenden Weihnachtsmann aus Schokolade entwendet. Trix konnte ihn sicherstellen (Beweisstück Nummer 6).

25. Am Zaun des Gammlich-Geländes entdeckten wir graue Schafwolle (Beweisstück Nummer 7). Sie entspricht der Fellfarbe von Schnucki MäcGaffin.
    Hypothese: An dieser Stelle ist das Schaf in der Nacht von Montag auf Dienstag vom Werksgelände entkommen.

26. An der Kitty-Glitter-Statue beginnt auf Höhe von ca. 1,45 m eine Treppe, die bis ganz nach oben führt. In den Kopf der Statue ist eine Klappe eingelassen, die sich auf Druck nach innen öffnet. In der Statue gibt es eine Rutsche nach unten.

27. Katzen liefern glänzende und glitzernde Gegenstände in der Statue ab. Die Sachen werden von einer als Kitty Glitter verkleideten Person entgegengenommen. Als Belohnung erhalten die Katzen Kitty-Glitter-Futter.
    Hypothesen: Gustav Gammlich steckt in dem Kostüm. Er hat sein Katzenfutter so manipuliert, dass die Katzen zu Dieben werden und ihre Beute zur Statue bringen, wenn sie schnell blinkt. Eine Katze aus Ruckelnsen hat unter dem Einfluss von Kitty-Glitter-Futter Gustav Gammlich den Ring von Frau Aus dem Moore gebracht.

28. Auch Fräulein Karnelia und Miss Moneypenny befanden sich heute unter den Katzen. Fräulein Karnelias Leine ist, zusammen mit dem übrigen Diebesgut, im Keller unter der Statue.

29. In fünf anderen Kellerräumen sind Katzen-Aufenthaltsräume eingerichtet.
Hypothese: Hier wohnen die verschwundenen Katzen.

30. Aus dem Inneren der Statue führt ein Lastenfahrstuhl abwärts. Er hat heute die Katzen nach Ablieferung ihrer Beute in die Kellerräume transportiert. Der Lift kann mit einem Hebel auch so eingestellt werden, dass er nach oben zu einer Klappe im Kopf der Statue fährt.
Hypothese: Auf diese Weise verlassen die Katzen ihre Aufenthaltsräume, um auf Diebestour zu gehen.

31. In dem Schuppen mit den Kitty-Glitter-Kostümen befindet sich eine Falltür, durch die man in die Kellerräume unter der Statue gelangt. Durch diese Falltür verschwand heute Abend eine als Kitty Glitter verkleidete Person.

Ich steckte den Notizblock ein. Langsam setzten sich die Puzzleteile zu einem Ganzen zusammen. Nur Schnucki MäcGaffin wollte sich einfach nicht ins Bild fügen. Und Fräulein Karnelia hatte ich auch noch nicht zurück.

🐾 Kapitel 14

In dem Schnucki MäcGaffin ein Internet-Star wird und ich dem Schaf den Hintern rette, wobei ich gegen meine Detektiv-Regel Nummer 9 verstoße.

Am nächsten Morgen beim Frühstuck diskutierten wir noch einmal Trix' Plan, uns mit der Kamera bewaffnet in die Statue zu begeben.

»Mir ist da ein Gedanke gekommen«, sagte Trix. »Wir gehen ja davon aus, dass die Katzen durch das schnelle Blinken der roten Augen zu der Statue gerufen werden.«

Ich nickte.

»Also liegt es doch nahe, dass Kitty Glitter auch bei ihrem Auftritt im Inneren der Statue die Katzen durch ihre leuchtenden Augen dirigiert.«

Ich rief mir kurz in Erinnerung, was ich in der Statue beobachtet hatte. »Ja, das ist durchaus möglich. Die Augen haben auf jeden Fall in verschiedenen Rhythmen geblinkt.«

Trix kaute an ihrem Daumennagel. »Dann ist es einen Versuch wert. Pass auf: Wir haben doch den Kitty-Glitter-Kopf.«

Ich nickte noch einmal.

»Und wir wissen, dass man die Augen von innen mit der Nase steuern kann. Also sollte ich den Kopf heute Nacht in der Statue aufsetzen. Wenn Kitty Glitter versucht, den Katzen wie gewohnt mit den Augen Signale zu senden, funke ich mit meinen dazwischen. Das wird die Katzen verwirren und es uns leichter machen, Kitty Glitter zu überwältigen.«

»Einverstanden. Ich hoffe nur, dass du mit dem dicken Katzenkopf durch die Öffnung oben in der Statue pa…«

»Hallo-Trix«, kam es plötzlich aus Trix' Handy. »Es-gibt-einen-neuen-Treffer-für-die-Begriffe-*Schaf*-und-*Humb-ug*.«

Trix schnappte sich das Smartphone und wischte über das Display. »Oh nein.« Sie hielt es mir hin. Darauf war ein Instagram-Post zu sehen.

Mäh! Meine Aussicht heute Morgen um fünf vor acht: Ein Schaf, das mein Windrad mampft! #selfiemitschaf #morgensinhumbug, hatte jemand geschrieben. Das dazugehörige Foto zeigte eine junge Frau mit rosa gefärbten Haaren. Und Schnucki MäcGaffin! Das Schaf hatte die Hufe auf der Balkonbrüstung abgestellt und schaute der Frau über die Schulter. Offenbar war Schnucki durch das geschlossene Fenster aufgenommen worden. Man sah die Reflexion der Kamera in der Scheibe.

»Selfie mit Schaf«, murmelte ich.

»Heute Morgen um fünf vor acht war das«, sagte Trix. Sie sah auf die Uhr. »Es ist punkt acht, der Post ist erst fünf Minuten alt!«

Ich kombinierte: »Das heißt, Gammlich hat das Schaf noch nicht in seiner Gewalt. Es ist nach wie vor auf freiem Fuß.«

Trix stand auf. »Auf freiem *Huf*, besser gesagt. Wir müssen sofort zu diesem Balkon! Leider steht hier aber nicht, wo der sich befindet.«

Ich nahm ihr das Handy aus der Hand. »Hinter Schnucki sieht man das gegenüberliegende Haus. Schau mal, da an dem Laden ist ein Schild.«

»*Narkose-St*...«, las Trix vor. »Mist, der Rest ist abgeschnitten. Hm. Vielleicht heißt das *Narkose-Station*? Muss eine chirurgische Ambulanz sein oder so. Harald, such in Humbug nach der *Narkose-Station*.«

»Hä? Ich bin doch kein Suchhu...«

Trix' Telefon unterbrach mich. »Tut-mir-leid-Trix-in-Humbug-gibt-es-keine-*Narkose-Station*-bist-du-verletzt-soll-ich-einen-Notarzt-rufen.«

»Nein, danke, Harald. Das ist alles.« Trix steckte ihr Mobiltelefon ein. »Die *Narkose-Station* scheint keine Internet-Präsenz zu haben. Also bleibt uns nichts anderes übrig, als einfach danach zu suchen. Das Haus sieht so aus wie die Gebäude im Hafenviertel. Fangen wir dort an?«

»Okay, aber benenn deinen Sprachassistenten bitte wieder um.«

»Schade. Harald ist so ein sympathischer Name.«

Ich setzte einen Gesichtsausdruck auf, der zu meinem sympathischen Namen passte, zog meinen Mantel über den Jogginganzug, und wir gingen los.

Systematisch liefen wir nacheinander jede Straße des Hafenviertels ab. Auf diese Weise fanden wir eine Tier- und eine Kinderarztpraxis, einen Hautarzt und einen Augenarzt. Aber keine *Narkose-Station*. Wir rannten weiter.

»Hoffentlich kommen wir nicht zu spät, und Gammlich hat das Schaf inzwischen abgeholt«, keuchte Trix. »Vielleicht hat er den Post ja auch gelesen.«

Ich machte mir ebenfalls Sorgen. Wie sollten wir diesen Balkon nur finden?

»Noch eine Straße«, sagte Trix. »Dann haben wir das ganze Hafenviertel abgesucht.« Wir bogen um die nächste Ecke. »Was ist denn da los?«

Ungefähr auf der Mitte der Straße hatte sich vor einem Haus eine riesige Menschentraube gebildet. Schnellen Schrittes näherten wir uns dem Gewühl. Noch im Laufen zeigte Trix auf das Haus gegenüber, dem die Leute den Rücken zuwandten. »Schau mal. Kein Wunder, dass wir die *Narkose-Station* nicht gefunden haben.«

Wir blieben stehen. *Narkose-Stübchen* stand auf dem Schild.

»Oh Mann, eine Kneipe namens *Narkose-Stübchen*. Also sind wir richtig«, stellte Trix fest. »Ich ahne, wen die da alle fotografieren.«

Die Leute hielten ihre Mobiltelefone nach oben und schienen tatsächlich etwas zu fotografieren oder zu filmen.

Trix stellte sich auf einen Blumenkübel. »Harald, komm schnell!«, rief sie.

Ich kletterte zu ihr auf den Kübel. Über die Köpfe der Leute hinweg sah ich es: Schnucki MäcGaffin. Das Schaf saß auf einem Balkon im Erdgeschoss des Hauses. Es hielt ein silbrig glänzendes Windrad im Maul und machte den Eindruck, als könnte es die ganze Aufregung gar nicht verstehen. Wenn die Lage nicht so ernst gewesen wäre, hätte man über den Anblick lachen können. Neben dem Schaf stand die Frau mit den rosafarbenen Haaren, die wir schon von dem Selfie mit Schnucki kannten. Sie streichelte das Schaf und ließ sich von den Leuten fotografieren.

»Was sollen wir machen?«, raunte Trix mir zu.

Ich überlegte. »Am besten, wir holen Wiebke. Zu ihr hat Schnucki Vertrauen.« Ich angelte mein Mobiltelefon aus der Manteltasche und schickte schnell eine Nachricht ab. »Hoffentlich ist Wiebke bald da.«

»Bestimmt, das *Hotel am alten Klo* ist nicht weit weg.«

Plötzlich geriet die Menschenmenge in Bewegung. Wir wühlten uns nach vorne zum Balkon durch.

»Ich muss Sie bitten, sofort den Gefahrenbereich zu verlassen und die Rettungsarbeiten nicht zu stören«, war eine autoritäre Stimme zu hören. »Das Schaf ist tollwütig.« Ein Polizist trat an den Balkon heran und holte seine Waffe aus dem Halfter. »Gehen Sie augenblicklich ins Haus«, sagte er zu der Frau mit den rosafarbenen Haaren, die immer noch das Schaf streichelte. »Und halten Sie sich nicht im Balkonzimmer auf. Das Schaf ist tollwütig. Ich muss schießen.«

Die Frau wurde blass, lies Schnucki los, tastete sich rückwärts vom Balkon in ihre Wohnung und schlug die Tür zu.

Der Polizist brachte seine Pistole in Anschlag. »Gehen Sie bitte alle nach Hause! Das Schaf ist hochgefährlich! Jeder Biss kann die Tollwut übertragen!«

Kurz entschlossen trat ich vor ihn hin. »Nehmen Sie die Waffe herunter. Das Schaf *ist* nicht tollwütig. Dafür garantiere ich. Es ist einfach nur ein Schaf.«

»Genau!«, rief jemand aus der Menge. »Es ist einfach nur ein Schaf.«

»Es ist einfach nur ein Schaf!«,

skandierten nun alle Schaulustigen. »Es ist einfach nur ein Schaf, es ist einfach nur ein …«

»Ruhe!«, schrie der Polizist. Dann wandte er sich wieder an mich: »Woher willst du wissen, dass das Schaf nicht tollwütig ist, hä? Wieso verhält es sich dann so seltsam?«

Schnucki MäcGaffin blökte ängstlich. Das Windrad fiel ihm aus dem Maul. Wie in Zeitlupe sah ich das silbrige Teil zu Boden segeln.

Im Kopf eines Detektivs kombiniert es manchmal so schnell, dass der Detektiv selbst die einzelnen Kombinationsschritte gar nicht richtig mitbekommt, sondern einfach das Ergebnis ausspuckt. Genauso war es in diesem Moment.

»Das ist es«, murmelte ich. »Schnucki MäcGaffin muss Kitty-Glitter-Futter gefressen haben.« Ich sah es alles ganz klar vor mir: den Pappkarton voller Kitty-Glitter-Dosen bei den Jansens im Stall. Den Napf mit Katzenfutter. Schnucki, wie es einen Rest Katzenfutter aus dem Napf fraß, den Ring von Frau Aus dem Moore stahl, dem roten Licht nach Humbug folgte und den Ring bei Kitty Glitter abgab. Gustav Gammlich, der das Schaf jagte, weil es mit seinem ungeschickten Verhalten Aufmerksamkeit auf sich zog und so seine Katzen-Diebesbande zu verraten drohte. Schnucki MäcGaffin, das nach neuer Beute suchte, im Kaufhaus einen glänzenden Weihnachtsmann stibitzte und auf dem Balkon ein silbriges Windrad.

»Mein Name ist Harald Donnerschlag«, sprach ich mit fester Stimme zu dem Polizisten. »Ich habe den Fall gelöst. Das Schaf wurde durch manipuliertes Katzenfutter zu seinem seltsamen Verhalten getrieben. Und der Manipulator des Futters heißt Gustav Gammlich.«

Schnucki lief panisch auf dem Balkon hin und her.

»Unsinn, das Schaf hat Tollwut!«, schrie der Polizist. »Halt still, du dummes Vieh, so kann ich nicht auf dich zielen!« Er verfolgte Schnucki MäcGaffin mit seiner Waffe.

»Glauben Sie mir«, redete ich auf den Polizisten ein, »der Fabrikbesitzer Gustav Gammlich hat das Katzenfutter manipuliert, um Katzen zu Dieben zu machen. Sie haben Schmuck und andere Wertgegenstände gestohlen und in der hohlen Statue bei Herrn Gammlich auf dem Werksgelände abgeliefert. Zu dieser Gelegenheit trug er ein Kitty-Glitter-Kostüm.«

Ein paar Leute lachten.

»Weil das Schaf Schnucki MäcGaffin Kitty-Glitter-Futter gefressen hat, will es Glitzerndes und Glänzendes haben. Zum Beispiel ein silbriges Windrad.« Ich zeigte auf das Windrad am Boden.

»Was für ein Unsinn«, rief der Polizist, »aus dem Weg jetzt, ich muss schießen!«

»Nein!«, schrie plötzlich jemand.

Ich drehte mich um. Da, hinter der Menschentraube, stand Wiebke auf dem Blumenkübel und winkte. »Nicht schießen! Das Schaf hat wirklich keine Tollwut.«

Der Polizist zögerte kurz, zielte aber nach wie vor auf das Schaf. »Das Tier soll endlich stillhalten.«

»Beweg dich, Schnucki! Beweg dich!«, rief Wiebke. Sie versuchte, durch die Menschenmenge nach vorne zu kommen, wurde aber von den Schaulustigen zurückgedrängt.

Als hätte das Schaf Wiebke verstanden, wackelte es mit den Ohren.

»Halt still!«, schrie der Polizist. »Ich muss schießen!«

»Nicht schießen!«, rief jemand aus der Menge. »Sie können das Tier doch auch betäuben.«

»Betäuben!«, brüllte die Leute zustimmend. »Betäuben, betäuben!«

Der Polizist schüttelte den Kopf. »Ich habe kein Betäubungsgewehr. Und bis ein Tierarzt hier ist, hat das Schaf vielleicht schon jemanden gebissen.«

»So hören Sie doch«, sprach ich weiter auf den Polizisten ein, »ich habe Beweise. Gustav Gammlich trägt den Siegelring meiner Klientin Frau Aus dem Moore am Finger. Das Schaf hat den Ring unter dem Einfluss des Katzenfutters geklaut und Herrn Gammlich gebracht. Sie können das überprüfen. Trix, reich mir mal dein Mobiltelefon.«

»Harald, lass doch lieber, das …«

»Das Telefon!«

Trix gab es mir. Ich suchte das Foto von dem Siegelring am kleinen Finger von Gustav Gammlich heraus. »Hier, schauen

Sie mal. Dieses Foto habe ich heimlich mit meiner Kamera-Blume gemacht. Das ist der Beweis.«

Der Polizist ließ kurz die Waffe sinken und warf einen Seitenblick auf das Display.

In diesem Augenblick stürzten sich drei Leute aus der Menge auf den Polizisten und brachten ihn zu Fall.

»Schnucki MäcGaffin, komm zu mir!«, rief Wiebke.

Das Schaf stellte die Ohren auf und sprang in einem großen Satz über die Balkonbrüstung. Die Menschenmenge stob vor ihm auseinander. Dann rannten und galoppierten Wiebke und Schnucki davon.

Trix und ich folgten ihnen.

 **Kapitel 15**

In dem meine Großmutter mich überrascht, eine Kristallvase nicht zu Bruch geht und Wiebke, Trix und ich langsam klarsehen.

Ich war verdammt gut gelaunt, als wir etwas später vollkommen außer Atem mit Schnucki MäcGaffin im Schlepptau bei Trix zu Hause ankamen. Ortliebs Gesichtsausdruck beim Anblick des Schafs hob meine Laune noch weiter.

»Das ist MäcGaffin. Schnucki MäcGaffin«, stellte Trix das Schaf vor.

»Blök!«, machte Schnucki sehr vornehm.

Der Butler wich einen Schritt zurück. Trix bat ihn, drei Pizzen zu bestellen und für das Schaf etwas Heu. Wir wollten gebührend feiern. Frau Jansen hatten wir auch schon verständigt. Sie würde mit dem nächsten Zug nach Hause fahren, um den Schaftransporter zu holen. Schnucki musste ja irgendwie zurück auf den Hof gebracht werden.

Kurze Zeit später saßen wir zu dritt um Trix' Schreibtisch herum und aßen schweigend unsere Pizza. Schnucki lag auf dem Boden und kaute zufrieden sein Heu. Die Ereignisse des

Morgens hatten uns hungrig gemacht. Ich warf immer mal wieder einen Blick zu Trix hinüber. Irgendwie wirkte sie nicht so fröhlich, wie es nach so einem Ermittlungserfolg eigentlich angemessen gewesen wäre.

»Wenn die Polizei die Statue und die Kellerräume untersucht, kommen sicher bald auch Fräulein Karnelia und Miss Moneypenny nach Hause«, sagte ich schließlich.

Trix schaute mich skeptisch an. »Ehrlich gesagt wirkte der Polizist nicht gerade so, als würde er dir glauben.«

Ich nahm mir noch ein Stück Pizza. »Aber die Beweislast ist doch erdrückend.«

»Na ja, ich weiß ni…«

»Trix-es-gibt-zwei-tau-send-drei-und-drei-ßig-neue-Treffer-für-die-Begriffe-*Schaf*-und-*Humb-ug*«, sprach meine Handy-Stimme dazwischen.

Trix wischte sich die Finger ab und tippte auf das Display. »Oha. Einige Leute haben ihre Videos von der Sache am Balkon offenbar ins Internet gestellt. *Humbug 1* berichtet wohl auch schon davon.« Sie schaltete den Fernseher ein.

Tatsächlich: Dort waren Schnucki MäcGaffin und ich zu sehen. Meine Ansprache an den Polizisten kam in Endlosschleife. Inzwischen gab es dazu eine Stellungnahme von Gustav Gammlich. Schwitzend schwor er, keine der Anschuldigungen würde stimmen. Und er drohte, mich wegen Rufschädigung zu verklagen. *Wie gesagt.*

Mit blieb die Pizza im Halse stecken.

»Zum Glück bist du noch nicht strafmündig«, stellte Trix trocken fest. »Aber vielleicht muss deine Großmutter für dich haften.«

Wiebke sah mich entgeistert an. »Du glaubst, dass Schnucki Katzenfutter gefressen hat? Wie soll das denn gehen? Davon stirbt ein Schaf doch.«

Das schöne Faktengebäude, das ich mir in meinem Kopf zusammengebaut hatte, bekam Risse. »Na ja, ich dachte, nur ein kleines bisschen vielleicht. Es ist die einzige Erklärung für Schnuckis Ver...«

»Pscht!«, sagte Trix. »Hört mal zu.«

»... sprechen wir nun mit Doktor Raps von der Stiftung Warentest«, kam eine Stimme aus dem Fernseher. »Herr Doktor Raps, Sie testen zurzeit die Qualität verschiedener Katzenfutter, und darunter befindet sich auch Kitty Glitter. Die Ergebnisse sind noch nicht veröffentlicht, aber vielleicht können Sie uns trotzdem schon etwas verraten: Ist es vorstellbar, dass Kitty Glitter Katzen zu Dieben macht?«

Nun war ein Mann in Anzug und Krawatte zu sehen. Er lachte und wurde dann ernst. »Ich will mich kurzfassen«, sagte er. »In keiner der untersuchten Kitty-Glitter-Proben ist ein illegaler Zusatz nachweisbar. Alle enthalten einfach nur Katzenfutter.«

Die Moderatorin lächelte. »Danke, Herr Doktor Raps. Damit ist klar: Die Geschichte von dem Fleischfabrikanten, der mit manipuliertem Futter Katzen in Diebe verwandelt, ist frei erfunden. Kinder haben eben viel Fantasie.«

Hinter ihr wurde eingeblendet, wie ich am Balkon kluge Reden gehalten hatte.

Trix lachte. »Unter deinem Mantel schaut ja der rosa Jogginganzug hervor!«

Ich spürte, wie ich rot wurde.

Trix lachte immer lauter.

»Pscht, ich will zuhören!«, rief Wiebke.

Trix wurde still.

»Ein niedlicher Einfall unseres kleinen Hobby-Detektivs, aber nicht die Lösung der Schmuckdiebstähle und keine Erklärung für die vielen entlaufenen Katzen der letzten Zeit«, sagte die Moderatorin. »Von den Juwelen und den Katzen fehlt weiterhin jede Spur.«

Trix lachte auf. Dann hielt sie sich schnell die Hand vor den Mund.

Mir wurde heiß unter dem Hut. »Ich bin erledigt«, murmelte ich. »Meine Detektei kann ich schließen.«

Wiebke machte eine wegwerfende Handbewegung. »Ach Quatsch, wer schaut schon *Humbug 1*?«

»Nur ganz Humbug und Umgebung«, stellte Trix fest. »Und alle anderen können sich Haralds Auftritt ja im Internet ansehen.« Sie lachte schon wieder.

»Was genau ist hier eigentlich so witzig?«, fuhr ich sie an.

Trix hörte auf einen Schlag auf zu lachen. »Du«, sagte sie.

Wiebke hustete.

»Ich«, echote ich. »Aha.«

»Ja: du. Es ist echt unterhaltsam, wie deine Angeberei dich in deinen breiten Detektivarsch beißt.« Trix plusterte sich auf. *Mein Name ist Harald Donnerschlag. Dieses Foto habe ich heimlich mit meiner Kamera-Blume gemacht. Ich habe den Fall gelöst.* Ja klar, Harald. Hast du alles ganz alleine hingekriegt.«

»Das hab ich nur getan, um das Schaf zu retten! Der Polizist hätte sonst geschossen.«

»Um das Schaf zu retten, musstest du den großen Macker markieren, unseren aktuellen Ermittlungsstand herumposaunen und unabgesprochen komplett absurde Schlussfolgerungen raushauen? Wirklich? Wir hatten einen Plan für heute Nacht, Harald. Aber der hat dir ja von Anfang an nicht gefallen. Und ich weiß inzwischen auch, warum: Weil *ich* ihn mir ausgedacht habe und nicht du. Dir geht es gar nicht um das Schaf oder die Katzen oder um Gerechtigkeit. Dir geht es nur um eines: dass du den großen Meisterdetektiv raushängen lassen kannst. *Warte hier, Trix, Katzen sind in der Agentur nicht erlaubt, Trix. Bleib bei Fräulein Karnelia, während ich auf der Werksführung ermittle, Trix.* Für wen hältst du mich eigentlich? Für deine Katzen-Nanny? Ich dachte, wir sind Partner, Harald. Ich habe alles mit dir geteilt. Die Kamera-Blume habe *ich* gebaut. Die Katzenentführungen waren *mein* Fall. Die Idee mit dem manipulierten Futter war von *mir*.«

»Und sie war falsch!« Meine Wangen glühten.

»Tja, tut mir leid, dass du mir eine falsche Lösung geklaut hast, Sherlock.« Trix zeigte auf den Fernseher. Dort war schon wieder ich zu sehen. »Trotzdem ist unser Gegner jetzt auf dem neuesten Stand unserer Ermittlungen. Ach so, entschuldige: *dein* Gegner, meine ich natürlich. *Du* ermittelst hier ja ganz alleine. Ich habe eine neue Detektiv-Regel für dich, Harald: *Ein kluger Detektiv weiß, wann er die Klappe halten muss.*«

Ich sprang auf. »Und gilt die Regel auch für dich, Trix?«

»Offenbar nicht. Es heißt ja schließlich *Detektiv-Regel*, und ich bin eine Detektiv*in*!«

Ich spürte, wie mein Kiefer sich verkrampfte.

»Und im Übrigen liegst du wie immer vollkommen richtig, Harald: Du *bist* erledigt.«

Ich rannte raus. Aus dem Zimmer, die Treppe runter, durch die Eingangshalle und aus dem Haus.

Im Garten setzte ich mich auf eine kleine Mauer aus Stein. Ich zitterte vor Wut. Am liebsten hätte ich Trix in der Luft zerrissen. Sie war so … so … so … Jedes Schimpfwort schien mir zu gut für sie. Sie war so … so … so … so …

Es fing an zu nieseln. Ich blieb einfach sitzen.

Trix war so … so … so …

Der Regen tropfte an meiner Hutkrempe herab.

… so … so … so …

Ich nahm den Hut ab.

… so im Recht.

Trix hatte recht.

Sie hatte großzügig ihren Katzen-Fall zurückgestellt, um mit mir nach dem Schaf zu suchen. Und zum Dank hatte ich sie beiseitegeschoben und mich dann als der große Meisterdetektiv aufgespielt.

Der Regen wurde stärker.

Ich ließ den Kopf hängen. Es stimmte: Mit meiner Angeberei hatte ich unseren Gegner gewarnt. Ich war wirklich ein *Deppektiv*. Das Wasser lief mir in den Kragen. Ich kümmerte mich gar nicht darum.

Irgendwann klingelte mein Handy. *Oma Donnerschlag*, stand auf dem Display.

Gut, dachte ich. Dann kann ich ihr gleich schonend beibringen, dass Fräulein Karnelia Mitglied einer kriminellen Katzenbande ist und ich keine Ahnung habe, wer dahintersteckt und wie wir sie wieder zurückbekommen sollen.

»Hallo, Oma?«

»Du, Harald, ich bin grad bei Frau Hinnerksen, und wir haben dich im Fernsehen gesehen! Was ist denn mit deinem Mantel passiert, der ist hinten ja ganz schief zusammengenäht?«

»Ja, Oma«, sagte ich, »ist schon klar. Ich lag falsch mit dem Katzenfutter und dem Schaf und dem Ring. Du hast die Wette gewonnen. Ich schließe die Detektei und hänge den Hut an den Nagel. Und Fräulein Kar…«

»Hut an den Nagel hängen? Was ist das denn für' n Quatsch? Du hast das Schaf doch gefunden! Jetzt musst du nur noch rausbekommen, was mit ihm los ist. Lass dich bloß nicht davon kleinkriegen, dass die jetzt alle über dich lachen, Harald. Zeig's ihnen! Das kannst du so nicht auf dir sitzen lassen, hörst du? Schließlich bist du ein Donnerschlag!«

Ich wischte mir einen Regentropfen aus dem Gesicht. »Moment mal, Oma, verstehe ich das richtig: Du willst, dass ich weiter ermittele?«

»Ja, natürlich! Wir haben doch eine Wette laufen! Bis Sonntag ist noch ordentlich Zeit. Streng dich mal an, Harald, sonst gewinne ich! Gefahr ist ja dein Geschäft, nä?«

»Ja, Oma!«

Ich platzierte meinen Hut dort, wo er hingehört, und stand auf. Es würde nicht leicht werden, Trix um Entschuldigung zu bitten. Aber ich würde es tun.

🐈 Kapitel 16

In dem Schnucki MäcGaffin uns auf die Sprünge hilft, Trix den Kopf verliert und eine Kitty Glitter ihr wahres Gesicht zeigt.

Schnell lief ich durch den Garten zur Haustür. Dann hielt ich erst mal lange die Klinke in der Hand, um Mut zu sammeln. Als ich genug beisammenhatte, drückte ich sie herunter und ging hinein.

Drinnen wischte Ortlieb gerade den Boden. »Schuhe ös!«, fuhr er mich an.

Ich zog die Schuhe aus und schlurfte auf Socken zur Treppe. Dort, auf der untersten Stufe, saß Trix und starrte vor sich hin. Sie sah ziemlich geknickt aus. Ich hockte mich neben sie.

Eine Weile sagten wir nichts.

»Füße höch.«

Trix und ich zogen die Beine an. Ortlieb wischte an uns vorbei. Dann stieg er zwischen uns durch und wischte die Treppe, Stufe für Stufe.

Ich sah ihm nach, bis er oben angekommen war. Dann holte ich tief Luft. »Du, Trix …«

»Ist schon klar, du hast recht.«

»Wie bitte?«

»Ich gebe genauso gerne an wie du. Wenn du mir nicht zuvorgekommen wärst, hätte ich am Balkon eine ähnliche Show abgezogen.«

»Trotzdem tut es mir leid«, sagte ich und hielt Trix meine Hand hin. »Partner? Äh, Partner*in*?«

Trix schlug ein. »Und ab jetzt keine Alleingänge mehr. Versprochen?«

»Versprochen.« Ich holte die Seiten mit meinen Detektiv-Regeln aus dem Notizblock.

Nummer 11 lautet: *Ermittle stets allein.* Ich ergänzte: *Oder mit vertrauenswürdigen Partnern. Und Partnerinnen.* Unter mein Regelwerk schrieb ich meine Regel Nummer 19: *Ziehe keine voreiligen Schlüsse.*

»Ich wöre den Herrschöften sehr verbönden, wenn ich hindörchkönnte.«

Ich drehte mich um. Ortlieb stand hinter uns auf der Treppe. In den Händen hielt er die große Kristallvase, die ich bei meinem ersten Besuch mit einem Schirmständer verwechselt hatte. Trix und ich rückten auseinander.

»Dönke schön.« Der Butler balancierte zwischen uns die letzte Stufe hinunter.

»Mäh!«

»Mäh?« Trix sah mich an.

Der Butler blieb wie angewurzelt in der Eingangshalle stehen.

»Schnucki MäcGaffin! Nicht!«, kam Wiebkes Stimme von oben.

»Mäh!«

»Nein, nicht, Schnucki!«

Man hörte ein Galoppieren. Ich drehte mich um und sah das Schaf heranstürmen. Trix und ich sprangen auf.

»Wös?«, schrie Ortlieb.

Schnucki schlitterte die Stufen herunter, verlor auf der nassen Treppe den Halt und begrub Ortlieb unter sich. Es blökte triumphierend. Zusammen rutschten sie noch ein Stück über den glatten Boden.

»Auö, die Vöse!«, drang die Stimme des Butlers gedämpft unter dem Schaf hervor. »Die Vöse.«

Schnucki schwieg. Wiebke rannte die Treppe herunter.

»Schnucki! Schnuckilein, ist dir was passiert?«

Ortlieb kroch stöhnend unter dem Schaf hervor.

Wiebke kraulte Schnucki unter dem Kinn.

»Mäh«, machte das Schaf. Es wirkte benommen, aber sonst schien alles mit ihm in Ordnung zu sein.

»Wie geht es Ihnen, Ortlieb?« Trix kniete sich neben den Butler. Er rappelte sich zitternd auf. In den Händen hielt er die unversehrte Kristallvase.

»Was war denn auf einmal mit Schnucki los?«, fragte ich Wiebke.

»So ganz genau weiß ich das auch nicht. Im Fernsehen kam Werbung für das Kitty-Glitter-Futter, und in dem Moment ist Ortlieb mit der Vase an Trix' Zimmer vorbeigegangen. Durch die offene Zimmertür hat er kurz zu uns reingeschaut, aber nichts gesagt. Dann ist Schnucki plötzlich aufgesprungen und rausgelaufen. Den Rest habt ihr ja gesehen.«

In meinem Kopf kombinierte es wie verrückt. »Ich … ich glaube, ich weiß jetzt, warum Schnucki sich so seltsam verhält. Wiebke, Schnucki MäcGaffin hat bei deiner Oma immer gern durchs Fenster ferngesehen, oder?«

»Ja, das hat es«, murmelte Wiebke. »Na…natürlich. Natürlich! Es liegt an …«

»… dem Werbespot!«, riefen wir alle drei gleichzeitig.

»Beste Sendezeit«, sagte ich.

»Hä?« Trix warf Wiebke einen fragenden Blick zu. »Verstehst du ihn?«

Wiebke schüttelte den Kopf.

Der Butler wankte aus der Eingangshalle und hielt dabei die Vase eng umschlungen. Ich schaute ihm nach. »Hört zu: Am Wochenende verschwinden doch deutlich weniger Katzen als sonst, oder? Das zeigt deine Auswertung nach Wochentagen, Trix.«

Trix nickte.

»Und in der Werbeagentur habe ich Folgendes erfahren: Gustav Gammlich war zu geizig, um Werbezeit am Wochenende zu kaufen. An diesen Tagen lief die Werbung also nicht. Und …«

»… viel weniger Katzen hauten ab!«, ergänzte Trix. »Aber Moment mal, gestern war doch Freitag. Und es *sind* Katzen in die Statue gekommen.«

Kurz verunsicherte mich dieser Einwand. Doch dann sah ich klar. »Das müssen die Katzen gewesen sein, die unter der Statue wohnen. Die wurden schon an einem anderen Tag durch die Werbung hypnotisiert und waren längst in Gammlichs Gewalt.«

»Ja, das macht Sinn«, sagte Trix. »Der Werbespot bringt die Katzen das erste Mal zum Klauen. Wenn sie dann bei Kitty Glitter wohnen, werden sie Nacht für Nacht wieder rausgelassen, damit sie noch mehr Beute heranschaffen. Und sobald die Statue blinkt, kommen sie zurück.«

Ich kombinierte weiter: »Wahrscheinlich teilt die Werbung den Katzen irgendwie mit, dass sie Glitzerndes und Glänzendes in die Kitty-Glitter-Statue bringen sollen. Und Schnucki hat das auch verstanden.«

»Aber wie soll das denn gehen?«, fragte Trix. »Auf welche Weise wird diese Botschaft durch die Werbung übermittelt? Kommt schnell mit hoch, wir schauen den aktuellen Spot! Vielleicht können wir was feststellen.«

Wiebke sah besorgt das Schaf an. »Schnucki lassen wir besser hier. Nicht dass es noch mal so auf diese Werbung reagiert.«

Also liefen wir zu dritt in Trix' Zimmer. Sie schaltete den Computer ein und tippte in die Tastatur. »So. Es geht los«, sagte sie dann. »Das ist der aktuelle Spot.«

Die Kitty-Glitter-Statue war zu sehen. Davor stand ein Mensch im Katzenkostüm. Er hielt eine Dose Katzenfutter in der Hand.

»Das ist der Spot, den Florian mir in der Agentur zeigen wollte«, flüsterte ich den anderen zu. »Aber Gabriele hat das verhindert.«

Die beiden nickten stumm. Auf dem Bildschirm blinkten nun die Augen der Statue in einem schnellen Rhythmus. Fröhliches Miauen erklang. Eine Katze kam zu Kitty Glitter gelaufen. Sie trug eine goldene Medaille im Maul. Kitty Glitter legte sich die Medaille um und schüttelte die Dose. »Kitty Glitter bringt Katzenaugen zum Leuchten«, sagte Kitty Glitter in die Kamera. »Jetzt auch in der Sorte *Thunfisch total*.«

»Das war's?«, fragte Wiebke erstaunt.

Trix lachte. »Das ist ein grottenschlechter Spot.«

Ich stimmte ihr zu. »Aber er soll ja auch nicht uns gefallen, sondern den Katzen. Denen wird vorgeführt, wie eine Katze Kitty Glitter die glänzende Medaille bringt und dann Futter bekommt.«

Wiebke wiegte den Kopf hin und her. »So verstehen Tiere das aber nicht. Da muss irgendein ganz klares Signal dabei sein. Katzen hören hohe Töne ja sehr viel besser als Menschen. Vielleicht sind in dem Spot Töne auf einer Frequenz zu hören, die wir gar nicht wahrnehmen können.«

»Ich weiß nicht«, murmelte Trix. »Und warum hat das Schaf die Botschaft dann ebenfalls verstanden? Hören Schafe auch so gut?«

»Es stimmt, Schafe hören schlechter als Katzen«, antwortete Wiebke. »Aber immer noch besser als Menschen. Falls die Töne auch noch für ein Schaf wahrnehmbar sind, wäre es möglich, dass Schnucki auf den Spot reagiert hat. Außerdem hat es ein sehr feines Gehör. Das ist mir schon immer aufgefallen.«

»Ich hab eine Idee!« Trix tippte in die Tastatur. »Ich werde die Tonspur des Spots am Computer analysieren. Dann können wir feststellen, ob da Lautbotschaften in den Spot eingebaut wurden, die wir Menschen nicht hören. Würdest du solange die genauen Hörbereiche von Katze, Schaf und Mensch recherchieren, Wiebke?«

Wiebke holte ihr Handy heraus und setzte sich damit in einen der Kinosessel vor der großen Fensterfront. Ich ließ mich neben ihr in einen Sessel fallen.

»Hm. Geschichte des Schafs als Haustier, Schafe in Kunst und Kultur … nee, das bringt alles nichts. Ah, Moment mal, hier! Da ist eine Tabelle mit den Hörbereichen verschiedener Tiere im Vergleich zum Menschen. Hast du was zu schreiben, Harald?«

Ich zog Stift und Notizblock aus dem Mantel und schrieb auf, was sie mir diktierte.

Wiebke sah meine Notizen an. »Es gibt also einen Bereich, der von Katzen und Schafen gehört wird, von Menschen aber nicht. Bist du so weit, Trix?«

»Hab's gleich. Momennnnnnnt ...«

Wir gingen zum Schreibtisch hinüber. Dort tippte und klickte Trix und fand zwischendurch noch Zeit, an ihren Fingernägeln zu kauen.

Ich merkte, dass ich von einem Fuß auf den anderen trat, und ließ es schnell bleiben. Ein Detektiv verliert niemals ... und so weiter.

»Okay!«, sagte Trix schließlich. Sie drehte den Bildschirm zu uns. Darauf war eine Kurve zu sehen, die nach oben ausschlug.

»Das passt!«, rief Wiebke. »Die oberen Spitzen sind in dem Bereich, den Katze und Schaf hören, wir Menschen aber nicht.«

Trix sah uns an. »Ich glaube, wir sind endlich auf der richtigen Spur. Aber wer hinter der Manipulation steckt, wissen wir noch nicht.«

»Gustav Gammlich ist doch noch immer unser Hauptverdächtiger, oder?«, fragte Wiebke.

Ich war anderer Meinung. »Nicht unbedingt. Nach neuem Ermittlungsstand könnten die Täter auch Florian und Gabriele von Kotzbach aus der Werbeagentur sein. Immerhin produzieren sie die Werbespots. Und einer von ihnen hat die Drohbotschaft geschrieben.«

Plötzlich ertönte ein Piepen. Trix nahm ihr Mobiltelefon in die Hand. »Hä? Das ist ja … das Peilsignal! Das heißt, die Katzenleine ist in der Nähe. Und mit ihr vielleicht der Täter.«

Aufgeregt folgten wir dem Signal. Es führte uns den Flur entlang und die Treppe hinunter. In der Eingangshalle schloss der Butler gerade die Haustür.

»Schnucki?«, rief Wiebke. »Wo ist denn Schnucki?«

Trix' Handy piepte laut und schnell.

»Dös Schöf wörde vön einem Mitarbeiter des Veterinöramtes öbgehölt«, teilte Ortlieb uns mit unbewegter Miene mit. »Ein söhr höflicher Herr. Es bestöht Verdöcht auf Töllwöt. Diesen Ömschlag höt er mir gegöben. Ich söll ihn der Besötzerin des Schöfs aushöndigen.« Der Butler reichte Wiebke einen braunen wattierten Umschlag.

»Veterinäramt? Was machen die denn mit Schnucki?« Wiebke stand mit dem Umschlag in der Hand da und schluchzte.

»Wie sah der Mann aus?«, fragte Trix.

»Er hötte eine Glötze. Eine sehr gepflögte Glötze.«

»Oh nein!«, rief Wiebke.

»Ist Ihnen sonst noch etwas an ihm aufgefallen, Ortlieb?«, hakte Trix nach.

Der Butler überlegte einen Moment. »Jö. Er ist mit einöm grönen Spörtwögen weggeföhren. Etwös önpraktisch för einen Tiertrönspört.« Ortlieb ging hinaus.

Trix und ich wechselten einen Blick.

»Ein grüner Sportwagen«, murmelte ich. »In so einen ist der Herr mit den weißen Haaren und der eckigen Brille nach der Werksführung gestiegen. Der Mann arbeitet also beim Veterinäramt?«

Trix' Mobiltelefon piepte weiterhin wie verrückt.

»Mach das doch mal leise«, fuhr ich sie an, »ich kann so gar nicht kombinieren. Scheint ja eh ein falscher Alarm zu sein.«

Trix stellte das Telefon auf lautlos. »Halt, da fällt mir was auf!« Sie wischte darauf herum. »Da war doch genau so ein Typ in einem der Filme von Haralds Auftritt am Balkon zu sehen.«

Ich hatte keine große Lust, mir das noch mal anzuschauen, aber Trix bestand darauf.

Und es lohnte sich.

Einer der Schaulustigen hatte mit seinem Handy kurz über die Menschenmenge geschwenkt. Und da, ganz hinten, stand er: der ältere Herr mit den weißen Haaren und der eckigen Brille.

»Wer ist das?«, murmelte Trix. »Irgendwo habe ich das Gesicht auch schon mal ohne die weißen Haare und die eckige Brille gesehen. Der ist bestimmt nicht vom Veterinäramt. Ich kenne den von woanders.«

»Florian von Kotzbach ist es jedenfalls nicht«, stellte ich fest. »Der ist dünner.« Ich dachte an meinen Besuch in der Agentur. Und wurde von einem Geistesblitz getroffen.

»Das ... das ist dieser Doktor Doktor Wischer! Der Hypnotiseur. Natürlich. Wer sollte so eine versteckte Botschaft besser in einen Werbespot einbauen können als er? Er hypnotisiert die Katzen!« Ich kramte die Autogrammkarte hervor, die er mir bei der Begegnung in der Agentur gegeben hatte. »Da, schaut mal, das Gesicht passt doch. Der weißhaarige Herr – das ist Doktor Doktor Wischer mit Perücke. Und einer anderen Brille.«

Konzentriert betrachteten Wiebke und Trix das Foto. Dann nickten sie beide.

Trix tippte in ihr Handy. » Ich wusste doch, dass ich das Gesicht kenne. Auf Wikipedia steht, dass er gelernter Elektriker ist. Früher hat er als Tontechniker beim Fernsehen gearbeitet. Dort wurde er als Schauspieler entdeckt. Hat aber nur kleinere Rollen bekommen. Also hat er eine Ausbildung zum Hypnotiseur gemacht.«

»Schauspieler? Interess...« Das Wort blieb mir im Hals

stecken. Ich nahm Trix das Telefon aus der Hand. Auf der Wikipedia-Seite waren Fotos von Wischers Zeit als Schauspieler zu sehen. Auf einem trug er die weißen Haare und die eckige Brille, die wir schon kannten. Auf einem anderen hatte er braune Locken und trug eine randlose Brille, die seine Augen riesengroß wirken ließ. Mir wurde ganz kalt. »Erinnert ihr euch an den eleganten Herrn in der Bibliothek? Der mit den braunen Locken?«

»Ja klar erinnere ich mich, der hat einen Hausschuh nach Fräulein Karnelia geworfen!« rief Wiebke empört. »Der kam uns doch schon so komisch vor.«

»Auch das war Wischer. Vermutlich hat er in Wahrheit eine Glatze. Und er tarnt sich mit verschiedenen Toupets und unterschiedlichen Brillen aus seiner Zeit als Schauspieler. Also hat *er* im Kaufhaus nach dem Schaf gefragt und nicht Gammlich. Und er ist uns offenbar die ganze Zeit gefolgt und hat uns belauscht. Wahrscheinlich hat er gehofft, dass wir ihn direkt zu Schnucki führen. Hat ja leider zum Schluss auch geklappt.«

»Aber was hat er mit Schnucki vor?« Wiebkes Stimme zitterte.

Ich dachte nach. »Es gibt zwei Möglichkeiten. Entweder er befürchtet, dass Schnucki durch seine Ungeschicklichkeit Aufmerksamkeit auf die Katzen-Bande zieht. Das wäre die bessere Möglichkeit, denn dann wird er das Schaf vermutlich einfach nur aus der Hypnose entlassen, damit es keinen Ärger mehr macht.«

»Und die andere Möglichkeit?«, fragte Wiebke ängstlich.

»Oder er ist an dem Schaf interessiert, weil es offenbar sehr gut zu hypnotisieren ist. Vielleicht will er Experimente mit ihm machen.«

Wiebke stöhnte auf. »Schnucki ist doch so sensibel!«

»Ich glaube, jetzt sollten wir doch die Polizei verständigen.« Trix tippte auf ihr Mobiltelefon.

»Nein«, rief Wiebke plötzlich, »keine Polizei!« Sie hatte den wattierten Umschlag geöffnet und hielt uns die Katzenleine hin. Daran hing ein roter Zettel. *Ruft besser nicht die Polizei,* stand darauf. *Sonst seht ihr eure Katze nie wieder.*

Es dauerte eine ganze Weile, bis wir uns alle so weit beruhigt hatten, dass wir klar kombinieren konnten. Nach langem Diskutieren kamen wir zu dem Schluss, dass wir Trix' ursprünglichen Plan durchziehen würden: in die Statue steigen, Wischer auf frischer Tat filmen, Wischer mit den Aufnahmen unter Druck setzen.

Am Abend wurde es wieder neblig. Mein Herz klopfte, als wir unter dem Zaun der Gammlich-Werke hindurchkrochen. Doktor Doktor Wischer schien mir unberechenbar. Wer wusste, wie er reagieren würde, wenn er sich entlarvt sah? Diesmal blieb ich nicht mit dem Mantel im Zaun hängen. Das nahm ich als gutes Zeichen. Tatsächlich lag das Gelände ruhig vor uns. Doch es war eine Unheil verkündende Ruhe.

Als wir an der Statue ankamen, begannen die Augen der Statue in einem schnellen Rhythmus zu blinken. Ich kombinierte: Kitty Glitter rief bereits die Katzen, wir mussten uns beeilen! Um den Absatz zu erreichen, an dem die Treppe begann, machte Trix für Wiebke und mich eine Räuberleiter. Selbst kam sie ohne Hilfe hoch – sie war die Größte von uns dreien. So schnell wie möglich erklommen wir die Statue.

Oben angekommen, zeigte ich den beiden die Klappe in Kitty Glitters Kopf. Trix steckte ihre Kamera-Blume ins Knopfloch und klemmte den Kitty-Glitter-Kopf unter den Arm. »Ihr wisst Bescheid«, flüsterte sie, »wir rutschen jetzt alle drei in die Statue. Drinnen setze ich mir die Katzenmaske auf. Wenn die Katzen da sind und Kitty Glitter auftaucht, funke ich mit meinen roten Augen dazwischen und verwirre damit alle. Dann stürzen wir uns auf Wischer und überwältigen ihn. Okay?«

Wiebke und ich nickten. Wir rutschten nacheinander hinein: erst ich, dann Wiebke, dann Trix. Sogar der große Katzenkopf passte durch.

In der Statue schien alles unverändert. Es war immer noch feucht und kalt, und der Geruch war genauso penetrant. Wir verkrochen uns in die dunkle Ecke, in der ich auch bei meinem letzten Besuch gehockt hatte.

Ich wagte kaum zu atmen.

Lange mussten wir nicht warten, da fiel auch schon ein dünner Lichtstreifen in die Statue. Ich sah nach oben: Die Klappe im Kopf hatte sich geöffnet, und die erste Katze rutschte hinein. Ich hörte, wie Trix und Wiebke neben mir einen Aufschrei unterdrückten, als die Katze zu Boden plumpste. Die Katze wiederum beachtete uns gar nicht. Sie wirkte wie ferngesteuert. Wie hypnotisiert.

Eine Katze nach der anderen landete vor unseren Füßen. In erwartungsvoller Stille versammelten sie sich – bis es endlich losging. Es rumpelte und sirrte. Kitty Glitter fuhr langsam aus dem Boden herauf. Die Katzen miauten aufgeregt. Kitty Glitters Augen blinkten rot. Nun stiegen die Katzen brav nacheinander auf das Podest und lieferten ihre Beute ab. Gold, Silber und Edelsteine glitzerten im roten Licht der Kitty-Glitter-Augen. Bald erfüllte das zufriedene Schmatzen der Katzen den Raum. Ich ahnte, dass Kitty Glitter gleich wieder auf ihrer Torte im Boden verschwinden würde.

Wir mussten zuschlagen. Sofort.

Trix stülpte sich den Katzenkopf über, doch die roten Augen daran leuchteten nicht! Darauf konnte ich jetzt keine Rücksicht nehmen.

»Eins …«, flüsterte ich, »zwei … drei!«

Lautlos stürzten wir uns auf die Riesenkatze. Wie besprochen, klammerte Wiebke sich an ihre Füße, und ich packte das Vieh von hinten. Doch Kitty Glitter wehrte sich, und wir verloren alle das Gleichgewicht. Ineinander verkeilt taumelten wir mit ihr die drei Stufen des Podests herunter, mitten durch die mampfenden Katzen, die uns gar nicht beachteten.

»Jetzt, Trix!«, rief Wiebke.

Trix holte weit mit ihrer Massagerolle aus und schlug zu. Daneben.

»Der blöde Kopf ist verrutscht, ich seh nichts!«, schrie Trix.

Kitty Glitters rote Augen blinkten in die Dunkelheit hinein. Drei Mal kurz, drei Mal lang und drei Mal kurz.

»Vorsicht! Ich glaube, das ist ein Signal!«, rief Wiebke. »Sie blinkt SOS! Schnell, Trix, blink auch!«

»Ich komm nicht an den Nasenschalter!« Trix ließ die Massagerolle fallen und ruckte an ihrem Katzenkopf herum.

Zu spät. Die Katzen ließen ihr Katzenfutter im Stich und stürzten sich mit lautem Miau auf uns. Eine krallte sich in meine Beine, eine andere biss mich in den Hintern. Es war furchtbar. Immer, wenn ich eine Katze abgewehrt hatte, stürzte sich die nächste auf mich. Wiebke und Trix erging es nicht besser. Unser Stöhnen und Keuchen hallte zusammen mit dem kämpferischen Miauen der Katzen von den Wänden wider. Schließlich lagen wir alle drei rücklings auf dem Boden, begraben unter Katzen.

Trix hatte ihren Katzenkopf verloren. »Mist«, murmelte sie.

Da musste ich ihr zustimmen.

Ich versuchte mit aller Kraft, mich aufzurappeln. Keine Chance. Eine einzelne Katze ist relativ leicht, aber viele zusammen können einen Menschen am Boden halten. Alles war verloren. Ich biss die Zähne zusammen.

»Hallo-Trix«, hallte da plötzlich meine Stimme von den Wänden, »du-hast-einen-Termin-in-fünf-zehn-Minuten-Sieges-Feier.«

Erschrocken drehte Kitty Glitter sich um. Der Sack glitt ihr aus den Pfoten. Glitzerndes und Glänzendes ergoss sich auf den Boden.

»Maunz!«, riefen die Katzen, gaben uns frei und stürzten sich auf das funkelnde Zeug zu Kitty Glitters Füßen.

»Jetzt!«, flüsterte ich.

Alle drei warfen wir uns auf Kitty Glitter. Sie hatte keine Chance.

Trix nahm ihr den Katzenkopf ab.

»Das ist ja eine Frau!«, rief Wiebke.

Ich taumelte zurück. »Also doch: Gabriele von Kotzbach!«

»Wo haben Sie Schnucki MäcGaffin versteckt?«, fragte Wiebke mit zitternder Stimme.

Gabriele von Kotzbach schüttelte traurig den Kopf. »Ich habe keine Ahnung, wo das Schaf ist.«

Kapitel 17 🐈

In dem wir von einem Butler verarztet werden, Gabriele von Kotzbach verhören und einen finalen Plan entwickeln.

Der Butler staunte nicht schlecht, als wir eine halbe Stunde später zerkratzt und verschrammt mit Gabriele bei Trix zu Hause in der Eingangshalle standen.

»Hallo, Ortlieb«, sagte Trix, »das ist Gabriele von Kotzbach. Sie ist heute Abend unser … ähm … Gast.«

Ortlieb murmelte »Ah jö«, verschwand und kam mit einem Verbandskasten wieder. Leider bestand er darauf, uns sogar eine Tetanus-Spritze zu geben. Das fand ich gar nicht toll.

Aber Trix beruhigte mich. »Ortlieb ist ausgebildeter Sanitäter.«

Trotzdem grinste der Butler mir etwas zu breit, als er die Spritze aufzog, um sie mir in den Hintern zu rammen. »Sö«, sagte er dann. »Dös wöre dös.«

Mit einer großen Kanne Tee versammelten wie uns danach um Trix' Schreibtisch. Gabriele von Kotzbach hatte sich inzwischen etwas beruhigt. Aber sie war immer noch sehr blass.

»Also«, sagte Trix, »warum waren Sie als Kitty Glitter verkleidet in der Statue? Schicken Sie die Katzen stehlen?«

»Nein.« Gabriele schluchzte auf. »Ich … ich werde erpresst.«

Wiebke schob ihr einen Becher Tee hin. »Nehmen Sie einen Schluck. Wer erpresst Sie?«

Gabriele atmete tief ein. »Doktor Doktor Wischer.«

Trix nickte mir zu. Wir hatten also doch richtiggelegen.

»Und womit hat er Sie in der Hand?«, hakte Wiebke nach.

Gabriele schaute in ihren Becher. »Das ist eine längere Geschichte.« Sie seufzte. »Es fing damit an, dass Florian und ich vor zwei Jahren die Agentur *Kotzbach Kreativ* gründeten. Ehrlich gesagt hatten wir nicht wirklich Erfahrung in der Werbung. Aber Florians Traum war schon immer eine eigene Agentur gewesen. Er hatte so viele Ideen. Darum kratzten wir unser Geld zusammen, doch wir bekamen einfach keine Aufträge. Bis ich vor einem Jahr meinen Vater überreden konnte, uns zur Probe einen Werbespot für sein neues Katzenfutter produzieren zu lassen. Wir sollten ihm einen Freundschaftspreis machen. Mein Vater ist ziemlich geizig, müsst ihr wissen. Florian ist damals mit Feuereifer an die Arbeit gegangen und hat die Werbefigur Kitty Glitter erfunden. Wir haben Plakate drucken lassen, Leuchtreklamen in Auftrag gegeben und einen Werbespot gedreht. Das war sehr aufwendig und nicht ganz so billig wie gedacht. Wir mussten sogar noch was drauflegen und alles selber machen.«

»Ohne Erfolg«, warf ich ein.

Gabriele nickte. »Es war furchtbar. Die Verkaufszahlen veränderten sich kaum. Die Werbung schien keinerlei Wirkung zu zeigen. Mein Vater war fuchsteufelswild und Florian am Boden zerstört. Na ja, und dann habe ich Doktor Doktor Wischer bei einer von Florians Hypnose-Sitzungen von unseren Sorgen erzählt. Er wusste eine Lösung.« Gabriele nippte an ihrem Tee.

»Der Doktor hat eine Hypnose-Botschaft in den Spot eingebaut, die nur die Katzen vor den Bildschirmen verstehen konnten«, sagte ich. »Stimmt das?«

Gabriele nickte. »Ja. Florian ahnt nichts davon, nur ich weiß Bescheid.«

»Ist es ein akustisches Signal?«, fragte Wiebke. »Auf einer sehr hohen Frequenz?«

»Genau. Eine Frequenz, die nur Katzen hören können.«

»Und Schafe«, warf Wiebke ein.

»Offenbar. Das wusste ich aber vorher nicht. Für die Katzen ist der Klang jedenfalls sehr angenehm; er versetzt sie in einen Entspannungszustand, eine regelrechte Hypnose. Dann wird im Spot ja die Futterdose geschüttelt. Als einziges Trockenfutter in der Dose hat Kitty Glitter einen sehr charakteristischen Klang. Im Kopf der Katzen verbindet sich die angenehme Stimmung mit dem Geräusch der geschüttelten Kitty-Glitter-Dose. Es funktioniert. Die Katzen wollen nur noch Kitty-Glitter-Futter. Die Verkaufszahlen gingen sofort durch die Decke. Kitty Glitter wurde zur Kultmarke. Mein Vater war sehr zufrieden, und Florian war überglücklich. Endlich hatte er Erfolg.«

»Und dann?«, fragte Trix.

Gabriele schluchzte. »Doktor Doktor Wischer gewann immer mehr Einfluss auf Florian. Er brachte ihn auf die Idee, die Kitty-Glitter-Statue auf dem Werksgelände aufzustellen. Wischer machte die ganze Organisation. Ich musste ihm Lagepläne der Gammlich-Werke besorgen. Als ein paar Monate später mein Vater einen Spot für eine neue Sorte in Auftrag gab, produzierte Florian ihn zusammen mit Wischer – mit mir sprach er kaum noch. Der Doktor wollte diesmal auch Regie führen. Er hatte eine vollkommen idiotische Idee für den Spot, mit einer Katzen-Medaille, die Kitty Glitter überreicht wird. Florian hielt das alles für großartig.«

»Meinen Sie, Wischer hat ihn durch Hypnose willenlos gemacht?«, fragte Trix.

Gabriele fuhr sich durch die Haare. »Das habe ich anfangs auch gedacht. Aber dann wurde mir langsam klar, dass Wischer das gar nicht nötig hatte. Florian war trunken vom Erfolg.«

»Und wie haben Sie herausgefunden, welches Spiel Wischer wirklich spielt?«, fragte ich.

»Das war erst vor Kurzem. Florian und ich saßen mit unserem Kater Manfred vor dem Fernseher. In der Werbepause lief unser neuer Kitty-Glitter-Spot. Plötzlich schnappte sich der Kater Florians goldene Uhr vom Couchtisch, sprang aus dem offenen Fenster und verschwand. Ich habe Manfred überall gesucht, doch er war spurlos verschwunden. Wir haben sogar eine Suchanzeige aufgehängt, ohne Ergebnis. Eine Woche später lief Manfred mir abends beim Spaziergang über den Weg. Ich rief nach ihm, aber er schien mich gar nicht zu kennen. Also bin ich ihm gefolgt.«

Gabriele schniefte.

Trix reichte ihr ein Taschentuch. »Und Sie haben gesehen, wie der Kater in die Statue stieg, stimmt's?«

»Genau. Die Augen der Statue blinkten in einem schnellen Rhythmus. Manfred trug eine goldene Halskette im Maul. Ich will gar nicht wissen, woher er die hatte. Und es waren noch viele andere Katzen da, alle mit glänzenden und glitzernden Sachen. Na ja, ich habe eins und eins zusammengezählt und Doktor Doktor Wischer damit konfrontiert. Er hat sofort zugegeben, in den neuen Spot eine veränderte Hypnose-Botschaft eingebaut zu haben, die Katzen zu Diebstählen anstiftet und sie zur Statue lockt, wenn sie in einem bestimmten Rhythmus blinkt. Dort erwartet er sie im Kitty-Glitter-Kostüm und gibt ihnen zur Belohnung Kitty-Glitter-Futter. Er hält sie in einem Keller unter der Statue und schickt sie immer wieder zum Stehlen los.«

»Hat Ihr Vater denn nichts davon bemerkt?«, fragte ich.

»Nein. Um siebzehn Uhr ist Feierabend, danach ist außer dem Wachmann niemand mehr im Betrieb. Und die alten Keller unter dem Gelände kennt mein Vater nicht mal. Es war furchtbar für mich, dass ich ihn in diese Situation gebracht habe. Ich drohte Wischer, zur Polizei zu gehen, wenn er nicht aufhört. Aber er hat nur gelacht und meinte, dann würde er Florian eröffnen, dass der Erfolg nur an der Hypnose lag. Für Florian wäre eine Welt zusammengebrochen.«

Ich trommelte nachdenklich mit den Fingerkuppen an meinen Hut. »Vermutlich. Aber zurück zu der Erpressung. Sie sollten also schweigen. Und was noch?«

»Eine Weile hatte ich Ruhe vor Wischer. Aber als er in der Nacht von Montag auf Dienstag den Katzen die Beute abnahm, hörte er plötzlich seltsame Geräusche von draußen – Schläge gegen die Statue, lautes Blöken, das Getrappel von Hufen. Als alles wieder ruhig war, zog Wischer das Kostüm aus und verließ den Keller wie immer durch den Ausgang im Schuppen. Dort werden auch die Kitty-Glitter-Kostüme aufbewahrt, die manchmal bei Werksführungen zum Einsatz kommen.«

Trix warf mir einen vielsagenden Blick zu.

»Er wartete, bis der Wachmann seine Runde beendet hatte, und schlich dann zur Statue, um zu untersuchen, was dort los gewesen war. Na ja, da hat er dann eine kleine herzförmige Marke gefunden. *Schnucki MäcGaffin, Schäferei Jansen, Ruckelnsen*, stand darauf.«

»Schnuckis Anhänger«, murmelte Wiebke. »Den habe ich ihm selbst gemacht. Weil es mein Lieblingsschaf ist.«

Gabriele nickte traurig. »Durch den Artikel im *Humbuger Boten* erfuhr Wischer dann am Mittwoch, dass es sich bei dem Tier auf dem Gammlich-Gelände tatsächlich um ein Schaf gehandelt hat. Auf dem Foto in der Zeitung hat das Schaf so große Augen, deshalb vermutete Wischer, dass es wie die Katzen durch den Werbespot hypnotisiert worden war. Sofort kam er zu uns in die Agentur und zeigte mir aufgeregt den Anhänger. Er wollte dieses Schaf unbedingt in die Hände bekommen, um herauszufinden, ob er recht hatte. Darum befahl er mir, zu den Besitzern des Schafs zu fahren und zu fragen, ob das Tier inzwischen wieder da sei. Das Schaf war aber nicht auf den Hof zurückgekehrt. Ich habe mit einer sehr netten alten Dame gesprochen ...«

»Meine Oma«, warf Wiebke ein.

Gabriele lächelte zum ersten Mal. »Das hätte ich mir denken können. Ihr habt die gleichen Locken.«

»Und auf der Rückfahrt sind wir beide uns im Zug begegnet«, ergänzte ich.

Gabriele wurde wieder ernst. »Ja. Als mein Blick zufällig auf deinen Notizblock fiel und ich dort den Namen *Schnucki Mäc-Gaffin* las, traf mich fast der Schlag: Du warst auf der Spur des Schafs, das ich für Doktor Doktor Wischer auftreiben sollte! Noch vom Bahnhof aus habe ich ihn angerufen. Er hat gesagt, dass ich dir folgen soll. Leider wusstest du ja aber, wie ich aussehe. Deshalb habe ich unserem Kitty-Glitter-Flyer-Verteiler am Bahnhof schnell sein Kostüm abgenommen und es selbst angezogen …«

»… und mich ins Hafenviertel verfolgt und ins Hafenbecken gestoßen«, beendete ich ihre Schilderung.

Gabriele wurde rot. »Tut mir leid. Das war nicht mit Absicht. Ich habe euch am *Hotel am alten Kloster* beobachtet, als ich plötzlich ein Blöken hörte – da bist du auch schon losgerannt, und ich hinterher. Ich konnte dir das Schaf doch nicht kampflos überlassen! Aber auf dem glitschigen Kopfsteinpflaster verlor ich den Halt und krallte mich an deinem Mantel fest. Dann hast du mich am Katzenkopf gepackt, und ich wollte mich befreien … und plötzlich hat es *platsch* gemacht.

Das Schaf konnte ich nicht weiter verfolgen, denn ich wollte sichergehen, dass du nicht ertrinkst. Also habe ich dir einen Rettungsring ins Wasser geworfen. Während du im Hafenbecken herumgepaddelt bist, habe ich deinen Mantel durchsucht. Ich wollte herausfinden, welches Interesse du an dem Schaf hast. Ob du ahnst, warum Schnucki MäcGaffin weggelaufen und auf dem Gammlich-Gelände aufgetaucht ist. Der Zeitungsartikel in deinem Notizblock hat mir gezeigt, dass du auf der richtigen Spur bist. Als ich gerade die Dose und die Zeitungsseite in der Hand hatte, sah ich Trix kommen. Ich hab beides an mich genommen und mich hinter eine Hausecke verzogen. Dann bin ich dir und Trix gefolgt.

Eine Weile habe ich hier vor dem Haus gestanden und nicht

gewusst, was ich machen soll. Schließlich hat mich Doktor Doktor Wischer auf dem Handy angerufen. Er war sehr wütend, dass ich das Schaf bisher nicht ausfindig gemacht hatte. Und er sagte, dass er euch folgen würde, damit ihr ihn zu dem Schaf führt. Er will das Gehirn des Tieres untersuchen, weil es ja offenbar auf eine Hypnose angesprungen ist, die eigentlich nur für Katzen gedacht war. Der Doktor möchte unbedingt wissen, woran das liegt. Er vermutet, dass es sich um ein sehr besonderes Schaf handelt. Eines, das außergewöhnlich gut zu hypnotisieren ist.«

»Untersuchen? Was heißt das genau?«, rief Wiebke erschrocken.

Gabriele räusperte sich. »Ja, also … sicher macht er erst mal ein paar Experimente mit dem Schaf, aber ich fürchte … zum Schluss wird er das Gehirn sezieren.«

Furchtbare Stille erfüllte den Raum.

Dann sprach Gabriele sehr leise weiter. »Das ging mir zu weit, das wollte ich um jeden Preis verhindern. Wiebkes Oma hatte mir erzählt, wie sehr ihr an Schnucki hängt.«

Wiebke schluchzte auf. »Und jetzt hat Wischer das Schaf in seiner Gewalt. Hoffentlich können wir Schnucki noch rechtzeitig befreien, wir müssen sofort irgendwas unternehmen!«

Ich legte eine Hand auf Wiebkes Schulter. »Bleib ruhig. Wischer wird dem Schaf ja nicht gleich das Gehirn rausnehmen.

Wir werden Schnucki retten! Aber erst muss Gabriele uns alles erzählen, was sie weiß. Nur dann können wir einen Plan entwickeln.« Ich spürte, wie meine Hand zitterte. Schnell ließ ich Wiebke los. Sie sollte nicht merken, dass ich längst nicht so sicher war, wie ich mich gab.

Gabriele schniefte in ihr Taschentuch. »Es tut mir so leid, Wiebke. Ich hab doch versucht, euch von der Suche nach Schnucki abzubringen, damit ihr Doktor Doktor Wischer nicht zu dem Schaf führt. Deshalb habe ich euch die Drohbotschaft durchs Fenster geworfen.«

»Wer war eigentlich mit der *kleinen Freundin* gemeint?«, fragte Trix dazwischen.

»Die Katze, die ihr dabeihattet.«

»Ja, das haben wir uns gleich gedacht«, sagte ich schnell.

»Und warum hing das Katzenkostüm mit dem fehlenden Kopf auf dem Gammlich-Gelände im Schuppen? Wollten Sie den Verdacht auf Ihren Vater lenken?«

»Nein, nein, ganz und gar nicht. Ich habe mir den Katzenkopf aus dem Schuppen geholt, damit Florian nicht merkt, dass ich den anderen verloren hatte. Er hätte mich doch gefragt, was passiert ist. Und ich kann so schlecht lügen.«

Ich räusperte mich. »Na ja. *So* schlecht auch wieder nicht.«

Gabriele schwieg betroffen.

Trix ergriff das Wort. »Und wieso war heute nicht Doktor Doktor Wischer in der Statue, sondern Sie, Gabriele?«

»Er war abends bei der Talkshow *Humbug Heute!* zu Gast. Das wollte er natürlich nicht absagen, er liebt es ja, im Fernsehen aufzutreten. Also sollte ich euch mithilfe der Katzen überwältigen und dann später an ihn ausliefern.«

Trix zupfte an ihrer Fliege. »Ich sehe jetzt viel klarer. Aber wie können wir ihn überführen und das Schaf und die Katzen retten? Die Polizei dürfen wir ja nicht einschalten, denn falls Wischer davon etwas mitbekäme, würden wir Fräulein Karnelia gefährden.«

Wir dachten nach.

Lange.

»Warum macht Doktor Doktor Wischer das eigentlich alles?«, fragte Wiebke in die Stille hinein.

Gabriele wiegte den Kopf hin und her. »Hm. Geld hat er eigentlich genug. Ehrlich gesagt halte ich ihn für wahnsinnig. Größenwahnsinnig. Ich glaube, er macht es … na ja, wahrscheinlich einfach, weil er es kann.«

»Aus Angeberei«, sagte ich.

Trix grinste mich an. »Zufällig ist das unser Spezialgebiet. Wischer ist sehr stolz auf seine Hypnose-Fähigkeiten, stimmt ’s?«

Gabriele nickte.

Ich schob meinen Hut hoch. »Dann habe ich vielleicht eine Idee. Gabriele, Sie und Florian sind doch morgen sicher auf dem Kitty-Glitter-Herbstfest, oder?«

»Ja.«

»Und kommt Doktor Doktor Wischer auch?«

»Bestimmt. Er nimmt an allen Werbeveranstaltungen teil. Wahrscheinlich will er mich auf diese Weise einschüchtern, damit ich immer daran denke, dass er mich in der Hand hat.«

»Gut. Und ist auch der Auftritt einer Kitty Glitter geplant?«

»Ja, natürlich, bei jeder Werbeveranstaltung tritt einer unserer Mitarbeiter als Kitty Glitter auf. Das gehört einfach dazu.«

»Perfekt. Würden Sie uns kurz entschuldigen, Gabriele? Ich muss mich mit meinen Kolleginnen besprechen.« Zwar schien Gabriele jetzt auf unserer Seite zu stehen, doch alles musste sie trotzdem nicht mithören.

Gabriele stand auf. »Ich warte draußen.«

Als sie weg war, steckten Wiebke, Trix und ich die Köpfe zusammen. Wir entwickelten einen Plan, bei dem wir uns die angeberische Art unseres Gegners zunutze machen würden. Dann riefen wir Gabriele wieder herein.

»Sie gehen jetzt nach Hause und gestehen Florian alles.«

Gabriele stöhnte auf. »Das kann ich ihm nicht antun, er hält sich doch für ein Werbegenie.«

Ich schüttelte den Kopf. »Glauben Sie mir, Gabriele, es bringt nichts, sich fälschlicherweise für den Allergrößten zu halten. Das weiß ich aus eigener Erfahrung.«

Gabriele nickte traurig. »Na gut.«

»Und dann bitten Sie ihn, morgen einfach zu bestätigen, was wir sagen. Wischer gegenüber verhalten Sie sich ganz normal. In Ordnung?«

»In Ordnung. Ich weiß zwar nicht, was ihr vorhabt, aber ich vertraue euch.«

Trix grinste. »Zu Recht.«

Mein Mobiltelefon klingelte. *Magnus* stand auf dem Display. Ich nahm den Anruf an.

»Du, Harald, ich hab dich vorhin im Fernsehen gesehen. Was machst du denn für' n Quatsch? Wenn Oma das mitkriegt!«

»Keine Sorge«, sagte ich. »Oma weiß Bescheid. Ich ermittele gewissermaßen in ihrem Auftrag. Komm einfach morgen früh um zehn zur Kitty-Glitter-Statue. Dann präsentiere ich dir die Lösung deines Schmuck-Falls. Und noch ein paar anderer Fälle.«

Kapitel 18

In dem Trix nicht den Kopf verliert, Magnus gerade rechtzeitig kommt und eine Dose Katzenfutter den Tag rettet.

Um die Lage peilen zu können, gingen wir am nächsten Morgen schon etwas vor zehn Uhr zum Gammlich-Gelände. Es war mal wieder ziemlich neblig. Die roten Strahlen der Scheinwerfer-Augen wanderten über den Himmel. Jede Menge Kitty-Glitter-Fans mit schwarzen Papp-Katzenohren hatten sich vor der Statue versammelt. Sogar der Sender *Humbug 1* war mit einem Reporter samt Kameramann vor Ort. Wir wühlten uns durch die Masse zur Kitty-Glitter-Statue durch. Dort, auf einem kleinen Podest, standen sie: Gustav Gammlich, Florian von Kotzbach und Kitty Glitter. Unauffällig hob ich die Hand und winkte. Kitty Glitter grüßte mit erhobener Pfote zurück.

In dem Kostüm steckte Trix. Ihr Juckpulver-Gewehr-Kugelschreiber befand sich in der Innentasche meines Mantels. Sie hatte ihn mir gegeben, für alle Fälle.

Gabriele sah ich mit blassem Gesicht im Publikum. Nicht weit entfernt von ihr entdeckte ich den silbergrauen Haarschopf von Doktor Doktor Wischer. Mein Herz klopfte. Würde unser Plan funktionieren?

Aus den Lautsprechern ertönte die Kitty-Glitter-Werbemelodie. Dann sprach eine verführerische Stimme den Slogan: *Kitty Glitter lässt Katzenaugen leuchten.*

Gustav Gammlich räusperte sich in ein Mikrofon. »Wie gesagt begrüße ich Sie alle herzlich zur Präsentation unserer neuen Kitty-Glitter-Sorten. Sie sind, wie gesagt, sicher alle schon sehr gespannt!«

Jetzt war der Zeitpunkt gekommen, um zu handeln. Ich atmete tief ein. Dann sprang ich auf die Bühne und rief: »Und die Spannung müssen Sie leider noch ein wenig ertragen. Aber Vorfreude ist ja die schönste Freude, oder?«

Ich nahm Gustav Gammlich das Mikro weg. Er war wohl zu überrumpelt, um sich zu wehren. Jedenfalls überließ er es mir ohne Kampf.

Die Kitty-Glitter-Fans buhten.

»Beruhigen Sie sich«, sagte ich ins Mikro, »in ein paar Minuten wird Ihnen Herr Gammlich die neuen Kitty-Glitter-Sorten vorführen. Vorher müssen meine Kolleginnen Trix Dobbsen und Wiebke Jansen und meine Wenigkeit jedoch noch kurz drei Fälle aufklären.«

Ich winkte Wiebke zu mir. Sie kletterte auf die Bühne.

»Das ist doch der Depp aus dem Fernsehen!« Die Leute zeigten auf mich und lachten.

Ich versuchte, nicht auf sie zu achten, und redete weiter. »Wir haben herausgefunden, warum in Humbug in letzter Zeit Katzen und Schmuck verschwunden sind, was Kitty Glitter und das Schaf Schnucki MäcGaffin damit zu tun haben und wer hinter alldem steckt.«

Die Leute lachten noch lauter. »Der kleine Detektiv wird gebeten, sich bei seiner Oma zu melden!«, rief jemand aus der Menge.

Ich ignorierte die Zwischenrufe und fuhr fort. »Florian von Kotzbach ist Unglaubliches gelungen. Er hat in die Kitty-Glitter-Werbespots eine Hypnose-Botschaft eingebaut, die alle Katzen zu Dieben von funkelnden, glitzernden Gegenständen macht.«

Ein Raunen ging durchs Publikum, aber nach wie vor lachten auch viele Leute. Florian stand auf dem Podium und lächelte unsicher. Ich schaute zu Doktor Doktor Wischer hinüber. Er verfolgte alles mit unbeteiligter Miene.

Wiebke nahm mir das Mikrofon aus der Hand. »Ja, es ist bemerkenswert, wie schnell Florian von Kotzbach sich in das Hypnose-Handwerk eingearbeitet hat. Er muss über außergewöhnliche hypnotische Fähigkeiten verfügen! Wie sonst konnte es ihm gelingen, den Katzen eine derart komplexe Botschaft zu übermitteln?« Sie gab mir das Mikro zurück

»Florian von Kotzbach«, sagte ich, »ist der beste Hypnotiseur der Welt!«

Wischer reagierte immer noch nicht.

Mir wurde heiß unter dem Hut. Unser Bluff schien fehlzuschlagen.

Da reckte plötzlich der *Humbug 1*-Reporter sein Mikro zu Florian von Kotzbach hoch. »Wie haben Sie das gemacht, Herr von Kotzbach? Wie ist Ihnen dieser Coup gelungen?«

Florian von Kotzbach grinste. »Ja, also …«

»Sie müssen ein hochtalentierter Hypnotiseur sein, Herr von Kotzbach! Aber wie konnten Sie Ihre Fähigkeiten nur so missbrauchen?«

»Von wegen!« Jemand bahnte sich durch das Publikum den Weg zur Bühne. Ein Mann mit silbergrauen Haaren, einer runden goldenen Brille und einem perfekten Lächeln.

Doktor Doktor Wischer.

»Diesem Kotzbach ist überhaupt nichts gelungen!«, rief er. »*Ich* habe die Hypnose-Botschaft erschaffen! Florian von Kotzbach würde das niemals schaffen. Er ist nichts als ein talentloser Werbefuzzi!« Doktor Doktor Wischer war inzwischen bei dem Reporter angekommen und sprach in das Mikro. »Mein Name ist Doktor Doktor Ernesto Wischer, ich bin Hypnotiseur. Sicher kennen Sie alle meine erfolgreiche Sendung *Doktor Doktor Wischers Sprechstunde*. Ich habe den Werbespot so manipuliert, dass er den Katzen folgende Botschaft übermittelt: *Ich will Kitty Glitter! – Ich bringe Glitzerndes und Glänzendes zur Statue mit den blinkenden roten Augen! – Ich bekomme Kitty Glitter.* Ich

bin reich! All das ist mit Hypnose möglich! Ich bin der Beste!«
Wischer sah sich um. Er schien Begeisterungsstürme zu erwarten.

Doch das Publikum schaute ihn nur stumm an.

»He!« Doktor Doktor Wischer schrie empört auf. Irgendwer hatte ihm von hinten die Haare vom Kopf gerissen.

Kitty-Glitter-Trix! Triumphierend winkte sie mit dem grauen Mopp. »Er ist wirklich ein Glatzkopf!«, rief sie. Ihre Stimme klang dumpf aus der Katzenmaske hervor. »Wo haben Sie denn Ihre weiße und Ihre braune Perücke, Herr Doktor Doktor?«

Wischer griff sich entsetzt an den Kopf. Fast tat er mir leid. Er musste sich fühlen wie ich ohne Hut.

Das Publikum wurde unruhig. Gustav Gammlich nahm mir das Mikrofon aus der Hand. »Bitte entschuldigen Sie, wie gesagt, die Unterbrechung«, sprach er hinein. »Gleich geht es, wie gesagt, weiter. Ich rufe jetzt kurz die Polizei, und die wird, wie gesagt, alles aufklären. Und dann präsentieren wir Ihnen die neuen Kitty-Glitter-Sorten. Wie gesagt.«

Ein paar Leute klatschten. Neben mir wischte Gustav Gammlich sich den Schweiß von der Stirn.

»Passt auf, der Doktor haut ab!«, schrie Wiebke.

Und tatsächlich: Wischer pflügte durch die Menschenmenge wie ein Bulldozer mit Armen. Er hatte schon fast das Tor des Werksgeländes erreicht.

»Haltet ihn!«, brüllte ich. »Haltet ihn!«

Aber die Leute standen wie versteinert.

Wischer rannte zum Ausgang – und knallte mit jemandem zusammen. Beide taumelten zurück.

Das war Magnus!

Schnell riss ich Gustav Gammlich das Mikro aus der Hand.

»Magnus!«, rief ich hinein. »Halt den Glatzkopf auf!«

Magnus stutzte, sah zu mir herüber, schaute den Doktor an und packte ihn an den Schultern. Er und Wischer rangen miteinander.

Ich wollte von der Bühne springen, doch ein lautes, mehrstimmiges »Maunz!« lenkte mich ab. Ich drehte mich um. Eine Katze nach der anderen stieg aus dem Kopf der Kitty Glitter-Statue! Einfarbige, gescheckte, gestreifte, getigerte Katzen mit kurzem, langem, lockigem und glattem Fell. Wischer musste es auf irgendeine Weise gelungen sein, ein Signal in den Katzenkeller zu schicken.

Und tatsächlich: Der Doktor hielt ein schwarzes, rechteckiges Ding hoch. »Ja, da staunt ihr, was? Gleich sind fünfhundert meiner Katzenfreunde da. Und dann geht es euch schlecht. Ein Druck auf diese Fernbedienung, und die Augen der Statue signalisieren den Katzen: *Kämpft für Doktor Doktor Wischer!* Die machen Katzenfutter aus euch.«

Magnus versuchte, Wischer die Fernbedienung zu entwinden.

Ich musste ihm helfen. Blitzschnell kombinierte ich: Von der erhöhten Bühne aus hatte ich über die Köpfe des Publikums hinweg gute Sicht auf Magnus und unseren Gegner. Also holte ich das Juckpulver-Gewehr aus der Tasche, nahm die Kappe ab, zielte und schoss.

Jemand schrie auf.

Magnus ging zu Boden, wälzte sich hin und her und kratzte sich wie verrückt.

»Du hast den Falschen getroffen!«, schrie Wiebke, die plötzlich mit Trix hinter dem Doktor auftauchte. Sie mussten um die Menschentraube herum zum Werkstor gelaufen sein.

Der Doktor reckte triumphierend die Fernbedienung nach oben. Wiebke und Trix stürzten sich auf ihn, doch er war zu groß. Sie kamen einfach nicht an die Fernbedienung heran.

Der Schreck lähmte mich. Von der Bühne aus schaute ich dem

Gerangel zu. Ich musste etwas tun. Doch ich stand da wie angewurzelt.

Dann ertönte ein ohrenbetäubendes Maunzen.

Sie saßen jetzt überall: auf den Dächern der Werksgebäude, auf den Zaunpfählen … es waren mindestens fünfhundert Katzen.

Doktor Doktor Wischer winkte ihnen huldvoll zu wie ein König seinen Untertanen. »Na bitte! Auf meine Katzenfreunde ist Verlass!« Er lachte. »Ich zähle bis drei, dann drücke ich. Eiiiiiiiiins …«

Die Augen an der Kitty-Glitter-Statue blinkten langsam.

Die Katzen machten sich sprungbereit. Ich schlug meinen Mantelkragen hoch. Dabei spürte ich ein Gewicht in meiner Tasche. Die Dose Kitty

Glitter, die ich vor ein paar Tagen bei der Werksführung bekommen hatte!

»Zweiiiiiiii …«, brüllte Wischer.

Das Blinken der Augen wurde schneller.

Alle Katzen wölbten die Rücken zum Buckel, ihr Fell sträubte sich wild nach oben. Sie maunzten aggressiv.

Fieberhaft überlegte ich: Wie konnte die Dose uns helfen? Was, wenn ich sie öffnete? Dann würden sich vielleicht alle Katzen auf mich stürzen und die anderen Leute in Ruhe lassen. Aber ich hatte kein warmes Wasser dabei, um das Trockenfutter anzurühren.

»Uuuuuund …«, hörte ich den Doktor kreischen, »drrrrrrrrrr…«

In diesem Augenblick fingen die Augen von Trix' Katzenkostüm an zu blinken.

»Stopp, das verwirrt die Katzen«, rief Wischer, »nicht blinken!«

Für einen Moment war er abgelenkt. Ich handelte, ohne nachzudenken. Mit einem Ruck holte ich die Dose aus der Tasche, zielte und warf. Wie in Zeitlupe verfolgte ich ihre Flugbahn. Würde sie ihr Ziel erreichen? War sie schwer genug, um …

Wischer schrie auf. Die Dose haute ihm die Fernbedienung aus der Hand. »Nein!« Er machte einen Schritt zurück. Es gab ein knirschendes Geräusch. »Neiiiiin!« Wischer warf sich auf den Boden und hob etwas auf. Eine zermatschte Fernbedienung.

Die Augen der Kitty-Glitter-Statue flackerten so wirr wie eine Glühbirne kurz vor dem Durchbrennen.

»Maunz?«, kam es erstaunt aus ungefähr vierhundertneunundneunzig Katzenmäulern.

»Mönz?«, kam es aus einem.

»Mäh?«, kam es von irgendwo her.

Die Menschen schrien auf.

Ich drehte mich um. Aus dem Kopf der Kitty-Glitter-Statue schaute ein Schaf und blökte laut.

»Schnucki!«, rief Wiebke. »Ich bin ja so froh! Du hast dein Gehirn doch noch, oder?«

🐈 Kapitel 19

In dem wir nach Hause fahren und mein Bruder ein Geständnis ablegt.

Am Nachmittag machten wir uns in Jansens Schaftransporter auf den Weg nach Ruckelnsen. Frau Jansen saß am Steuer,
mein Bruder auf dem Beifahrersitz und Wiebke und ich auf der
Rückbank. Auf meinem Schoß döste Fräulein Karnelia. Ab und
zu steckte Schnucki MäcGaffin seinen Kopf durch das Fenster
zum Laderaum zu uns herein und trug ein paar Blöker zur Un-
terhaltung bei. Wir berichteten Wiebkes Mutter, was seit ihrer
Abfahrt in Humbug passiert war.

»Und dieser Doktor Doktor Wischer hat Schnucki in einem
Keller unter der Statue eingesperrt?«, fragte Frau Jansen entsetzt.

»So ist es«, sagte ich. »Als dann vorhin die Katzen aus der
Statue gestiegen sind, hat Schnucki sie wohl beobachtet und
ebenfalls den Lastenaufzug benutzt.«

»Es ist eben sehr klug«, stellte Wiebke fest.

Frau Jansen drehte sich kurz zu uns und Schnucki um. Der
Wagen machte einen leichten Schlenker. Schnell sah sie wieder

nach vorne. »Und durch die Werbung wurden die Katzen zu Dieben? Und unser Schnuckilein auch? Und es ist ganz alleine nach Humbug gelaufen? Dem roten Licht hinterher?«

»Ja, so war es, Mama.« Wiebke streichelte dem Schaf den Kopf. »Schnucki hat also ganz bestimmt keine Tollwut, so wie die Zeitung behauptet hat. Es ist einfach nur sehr sensibel.«

»Den Siegelring hat Schnucki MäcGaffin offenbar bei seinem ersten Besuch bei Gammlich am Fuß der Statue verloren«, erklärte ich. »Unter dem Einfluss der Hypnose war es auf das Werksgelände eingedrungen, um den Ring bei Kitty Glitter abzugeben. Aber es kam die steile Statue natürlich nicht hoch. Gustav Gammlich hat den Ring dann am nächsten Tag gefunden und behalten. Deshalb wurde er nervös, als ich den Ring an seinem Finger entdeckte – er hatte schließlich ein wertvolles Fundstück unterschlagen. Na ja, die Nervosität haben wir leider falsch interpretiert. Wir dachten, er würde hinter allem stecken.«

»Will er dich immer noch wegen Rufschädigung anzeigen?«, fragte Wiebke besorgt.

»Nein«, antwortete ich. »Gustav Gammlich und ich haben uns darauf geeinigt, dass ich die Unterschlagung des Rings vergesse und er dafür auf die Anzeige verzichtet.«

Mein Bruder kratzte sich im Nacken. »Ich kann es immer noch nicht glauben. Ihr drei habt wirklich richtig ermittelt und das alles herausgefunden? Warum hast du mir denn nicht gesagt, dass du in Humbug bist, Harald?«

»Das wollte ich ja, aber du hast mich nicht ausre …«

»Na, ist ja auch egal. Hauptsache, euch ist nichts passiert«, fiel Magnus mir ins Wort.

»Und deinen Schmuck-Fall haben wir gleich mitgelöst«, sagte ich stolz.

Magnus räusperte sich. »Ja, der Schmuck-Fall … ich glaube, ich muss da was aufklären. Harald, du, ähm … ich wollte es dir schon länger sagen, also … also … ich … ich habe gar keine Detektei.«

»Blök!«, stieß Schnucki aus.

»Ach so, arbeitest du als angestellter Detektiv? Für eine Versicherung viellei …«

»Nein, Harald, versteh's doch, ich bin überhaupt kein Detektiv!« Magnus rutschte auf seinem Sitz hin und her. »Ich studiere ganz langweilig an der Uni Humbug. Mehr nicht.«

Ich saß wie erstarrt.

Magnus redete weiter, sehr schnell, so als hätte er Angst, sonst nicht alles zu sagen. »Wir beide haben doch früher immer zusammen Detektiv gespielt, und ich habe dir ausgemalt, wie ich eine eigene Detektei eröffnen werde, wenn ich groß bin. Du hast mich so bewundert. Und als ich mich dann nach dem Schulabschluss dazu entschieden habe, in Humbug Mathematik zu studieren – na ja, da kam es mir vor, als hätte ich unseren

Traum verraten. Deshalb habe ich einfach behauptet, ich hätte hier eine Detektei. Damit du stolz auf mich sein kannst. Als du mich dann in Humbug besuchen wolltest, wusste ich nicht, was ich tun sollte. Du hättest ja alles herausgefunden.«

Es wurde sehr still im Wagen. Nur Fräulein Karnelias Schnurren war zu hören. Ich strich ihr abwesend über das Fell. Verschiedene Gefühle schossen so schnell durch mich hindurch, dass ich kaum hinterherkam: Ärger, dass Magnus mich belogen hatte. Erleichterung, dass er meinen geplanten Besuch nur deshalb immer wieder verschoben hatte. Und Freude drüber, dass meine Meinung ihm so wichtig war.

Mein Bruder atmete aus. »Tja, jetzt weißt du es jedenfalls: Ich bin gar kein Detektiv.«

»Ist doch egal, Magnus«, sagte ich. »Du musst gar kein Detektiv sein, damit ich stolz auf dich bin. Gefahr ist eben nicht jedermanns Geschäft. Aber eines wäre nicht schlecht: Vielleicht könntest du mich demnächst ab und zu mal aus…«

»Mann, bin ich froh, dass du mir nicht böse bist!«, rief Magnus.

Ich lächelte und schwieg. Auch das muss ein Detektiv können. Meine Detektiv-Regel Nummer 20.

Kapitel 20

In dem ich den Fall zu den Akten lege.

Zwei Wochen später saß ich in meiner Detektei und ergänzte in meinem Notizblock die Auflistung der Fakten.

Doktor Doktor Wischer war verhaftet worden und hatte alles gestanden. Bevor er ins Gefängnis ging, befreite er noch schnell die Katzen und das Schaf von der Wirkung der Hypnose. Vermutlich erhoffte er sich davon ein milderes Urteil.

Schnucki MäcGaffin stand wieder auf dem Deich und kaute Gras, und auch die Katzen waren nach Hause zurückgekehrt.

Für all jene Katzen, die kein Zuhause hatten, wollten Gabriele und Florian von Kotzbach ein Katzenheim eröffnen. Dort sollte es Kitty Glitter zu fressen geben und extraweiche Katzenkissen zum Ausruhen. Im Hintergrund würde die von Doktor Doktor Wischer produzierte Katzen-Entspannungs-Tonspur laufen. So verwandelte sich sein teuflisches Werk am Ende doch noch in etwas Gutes. Gustav Gammlich hatte zugesagt, das Projekt zu finanzieren – unter der Bedingung, dass der Name des Katzenheims *Kitty Glitter Katzen-Oase* lauten würde. Florian von Kotzbach konzipierte schon einen Werbespot, in dem Gustav Gammlich im weißen Kittel durch die Räume des Katzenheims führte. *Wie gesagt.*

Alle bestohlenen Leute bekamen ihre Wertgegenstände zurück. Den Siegelring hatte ich gleich nach der Ankunft in Ruckelnsen persönlich meiner Klientin Frau Aus dem Moore überreicht.

Frau Hinnerksen erklärte mich zum offiziellen Gewinner der Wette. Das wäre allerdings gar nicht nötig gewesen. Meine Großmutter hätte mir meine Detektei auch so gelassen. Sie platzte nämlich geradezu vor Stolz, weil ein Artikel über unsere Ermittlungen in der *Nordsee-Zeitung* erschienen war. Meine Oma hatte ihn mir fein säuberlich ausgeschnitten.

Detektei Donnerschlag erhält Belohnung

Ruckelnsen. Die Detektei Donnerschlag erhielt gestern in feierlichem Rahmen eine Belohnung durch Katzenfreunde e.V. Der Verein hatte die mehrstellige Summe für die Auffindung der verschwundenen Katzen ausgeschrieben. Die drei Mitglieder der Detektei Donnerschlag befreiten nicht nur die Katzen aus den Klauen eines verrückten Hypnotiseurs, sondern auch das Schaf Schnucki MäcGaffin. Zugleich konnten sie das Rätsel um den in Humbug und Umgebung gestohlenen Schmuck lösen (wir berichteten). Wie Harald Donnerschlag, Wiebke Jansen und Trix Dobbsen in ihrer Dankesrede betonten, war die Lösung dieser komplizierten Fälle nur durch eine enge und vertrauensvolle Zusammenarbeit möglich. Die Belohnung soll der Schäferei Jansen zugutekommen.

Ich legte den Artikel zu den Akten. Dann setzte ich mich an die Schreibmaschine und tippte.

Es war ein Tag wie ein Karamellbonbon: klebrig, zäh und schlecht für die Zähne ...

Jana Scheerer, geboren 1978, lebt und arbeitet in Berlin. Sie schreibt Romane, Kurzgeschichten und Theaterstücke. Ihr erstes Kinderbuch *Als meine Unterhose vom Himmel fiel* erschien 2017 bei WooW Books. Wenn Jana Scheerer sich nicht gerade selbst Geschichten ausdenkt, liest sie gerne Krimis, in denen die Ermittler ihre Hüte tief ins Gesicht ziehen und immer einen lässigen Spruch auf den Lippen haben.

Uwe Heidschötter wurde 1978 in Leverkusen geboren und ist ausgebildeter Animationszeichner. Unter seiner Co-Regie entstand der Animationsfilm *Das Grüffelo-Kind*, und sein Regiedebüt *Der Kleine und das Biest* ist vielfach preisgekrönt. Außerdem illustriert Uwe Heidschötter die beliebten *Kiste*-Comics.

Die Detektei Donnerschlag ermittelt weiter!

Jana Scheerer
**Geister sind unser Geschäft.
Aus den Akten der Detektei Donnerschlag (Bd. 2)**
Originalausgabe
Mit Schwarz-Weiß-Illustrationen
von Uwe Heidschötter
ca. 192 Seiten
€ 14,00 [D] / € 14,40 [A]
ISBN 978-3-96177-062-5

Spukt es etwa hinter dem Deich? Eines Abends taucht dort eine geheimnisvolle grüne Erscheinung auf – angeblich der Geist der »Grünen Johanna«, einer legendären Piratin aus dem 15. Jahrhundert. Getreu der Regel *Ein Detektiv gibt sich niemals mit übersinnlichen Erklärungen zufrieden*, tritt die Detektei Donnerschlag an, die Täuschung zu entlarven. Wer steckt dahinter? Die Schriftstellerin Aurora Schwartz, deren neues Buch über die Piratin durch das Auftreten des Geistes Aufmerksamkeit erhält? Oder ihre geschäftstüchtige Zwillingsschwester Klara? Oder doch Käpt'n Flock, dessen Heimatmuseum auf einmal richtig gut besucht ist? Der Fall scheint bald klar. Aber der Geist kommt wieder und wirkt plötzlich ganz furchtbar echt! Harald, Trix und Wiebke müssen tief in der Geschichte Ruckelnsens und seiner Bewohner graben, um die wahren Hintergründe aufzudecken und die Schuldigen zu finden.

Eine ganz schön verrückte Erfindung

Jana Scheerer
Als meine Unterhose vom Himmel fiel
Originalausgabe
Mit Schwarz-Weiß-Illustrationen
von Martina Liebig
192 Seiten
€ 14,00 [D] / € 14,40 [A]
ISBN 978-3-96177-004-5

Das kennt doch jeder: Man sitzt in der Mathestunde, schnippst die Papierkügelchen zurück, mit denen man beschossen wurde – und plötzlich segelt eine karierte Unterhose von der Decke. Kennt man nicht? Aber genau das passiert Robert! Wer konnte denn auch ahnen, dass die neueste Erfindung von seinem besten Freund Pelle solche Auswirkungen hat? Die sollte nämlich eigentlich für Ordnung sorgen …

Haralds Detektiv- Regeln

1. Gib niemals den Hut ab!

2. Ein Detektiv darf nicht die Fassung verlieren, und wenn er sie doch verliert, muss er so tun, als hätte er sie noch.

3. Hinterlasse bei den Ermittlungen keine Fingerabdrücke.

4. Jeder ist verdächtig.

5. Alles ist wichtig, bevor es sich als unwichtig herausgestellt hat.

6. Ein Detektiv sollte stets eine Wäscheklammer mit sich führen, denn er muss seine Nase unter Umständen in übel riechende Angelegenheiten stecken.

7. Liste die bekannten Fakten stets schriftlich auf.

8. Streitlust und Rechthaberei sind im Umgang mit Zeugen selten zielführend.